秘された遊戯

尼野りさ

イースト・プレス

contents

プロローグ

町中が喜びの声に沸き立っていた。

人々は、横笛が奏《かな》でる軽快な音楽に合わせて踊り、陽気に歌う。道にはかがり火が焚《た》かれ、至るところで祝杯があがる。

農業大国コルバの南西部の町レニでは、例年にない豊作に町中が歓喜に震えていた。

「女神ティーカに！」

果実酒がなみなみとつがれたカップが夜空にかかげられる。赤ら顔の男たちは音頭《おんど》に合わせてカップを傾け、女たちもその輪に加わった。年に一度、豊穣《ほうじょう》の女神に感謝をささげ、来年の豊作を祈る日――道行く人にも果実酒が振る舞われ、笑顔があふれた。

その声は、広い庭園をかかえるジャルハラール邸にまで届いていた。

「お嬢様、じっとなさってくださいい。舞踏会はもうはじまってるんですよ」

外を気にしていると侍女に諭《さと》され、シルビア・ジャルハラールは溜息をついた。

装飾を施された姿見の前に立ち、体を清め侍女たちの手を借りて大胆に背中の開いたドレスに着替えたシルビアは、白銀の髪を結い上げて大粒のルビーと白孔雀《しろくじゃく》の羽を配した仮面をつける。

「変じゃない？」

「完璧です！」

「自信を持って行ってらっしゃいまし」

シルビアの問いに、年若い侍女は二人して大きくうなずいた。

声に背中を押され、シルビアはドレスの裾を持ち上げて緊張気味に歩き出した。

ダンスホールに近づくにつれて鼓動が速くなる。小さかったピアノの音色は足音が重なるたびに大きくなり、やがて別の音色と混じり合って優美な音楽へと変わる。

これからはじまる仮面舞踏会は、さまざまな階級の人々が集まる交流の場だが、シルビアにとってはそれ以外にも特別な意味を持つ。

未来を決める、運命の起点だ。

第一章　黒の来訪者

巨大なダンスホールには、町の有力者が大勢集まり優雅な音楽に合わせて踊っていた。

金と銀。青と赤。緑、紫、甘やかな琥珀色《こはく》――音楽があふれるように、色もまた毒々しいほど鮮やかに視界を埋める。

何度か誘われるままダンスを踊ったシルビアは、途中からダンスホール内の空気に酔い、壁に寄り添うようにして体を休めていた。緊張しすぎたのかもしれない。誰もが美しく着飾り思い思いに仮面をつける様は、華やかでありながら暗い影を帯びひどく息苦しい。

「お嬢様、お飲み物は？」

トレイを手にやってきた給仕の男ですら簡素ながらも仮面をつけていた。

「……ありがとう」

トレイにのったグラスを取り、シルビアは窓越しに外を見る。町はかがり火でほんのりと明るい。今日は夜通し騒ぎ続けることだろう。春の苗床神事《なえどこしんじ》、初夏の建国祭と宵《よい》祭り、そして秋の豊穣祭が有名だが、レニでは豊穣祭がもっとも盛大に執り行われる。一週間も前から準備していたのだ。遠目にも人々の興奮が伝わってくるようだった。

シルビアはダンスホールへと視線を戻した。

誰もが会話を楽しみダンスに興じている。しかし、そこにはさまざまな駆け引きが生まれているだろう。仮面で素顔を隠し、互いの腹を探り合う——息が詰まりそうだ。

ぐいっとグラスを傾けると上等の果実酒が喉を焼き、体の奥が一瞬で熱を帯びた。

「甘い」

驚きに声をあげたとき、視界の端に磨き込まれた靴が映り込んだ。

「一曲いかがですか?」

視線を上げると背の高い男が微笑みながら立っていた。秋を意識したのか、まとう服はややくすんだ緑色で、襟首には金糸で細やかな刺繍がされている。仮面の色は銀——宝石をちりばめた、いかにも高価なものだった。

「すみません、人に酔ってしまって……」

「では、テラスへ行きますか?　今日はとても月が美しい」

「いえ。あ……あの……」

シルビアが口ごもると男は脈なしと踏んだのか謝罪とともに離れていった。遠ざかる背を見るシルビアの口からほっと息が漏れた。

「……昨日までは、楽しみだったのに」

仮面舞踏会は、公には交流会だ。けれど、シルビアにとっては違う。本当は――。

「私の夫となる人を見つけろだなんて」

純粋に楽しんでばかりいられない。期間は決められていないが、それを思うと血の気が引く。ちらちら向けられる視線にたえきれず、シルビアは果実酒を呷《あお》った。

そのとたん、ぐらりと視界が歪んだ。

「え？」

ふわふわする足下に慌てて柱にもたれかかり、一つ息をつくとダンスホールを出た。そして、真っ赤な絨毯が敷き詰められた廊下をよろよろと壁伝いに移動した。

ジャルハラール邸を白亜《はくあ》の宮殿と呼ぶ者がいる。その比喩《ひゆ》通り、寝室を四十室、遊技場を三室、さらには大浴場とダンスホールを二つ備え、国中の花を集めたと言われる大庭園と巨大な噴水、温室を持ち、美術価値の高い絵画や彫刻を惜しげもなく飾る屋敷は、一見するだけでジャルハラール家の莫大《ばくだい》な富を知らしめる。

そのうえ、貴族を招いての仮面舞踏会だ。

シルビアは三つ奥のドアを開けてその中に滑り込んだ。がらんとした部屋には木目も美しい木の丸テーブルとそろいの椅子が、奥には淡い桃色の布地に金糸を織り込んだソファーが置かれていた。休憩用に開放された隣室とは違い、この部屋は家人用に用意された場所である。よろよろとテーブルに近づき、グラスを置いたところでドアが開いた。

給仕の誰かが心配して様子を見に来たのかと思った。

だが、違う。そこにいたのは先ほどシルビアに声をかけてきた男だった。彼が部屋に入ると、派手な衣装をまとった男が二人、背後を気にしながらついてきた。

「……迷われましたか？」

体の芯がすっと冷えていく。シルビアが警戒心を悟られないよう尋ねると、ドアを閉じた彼らは視線を交わし合い、ひどく嫌な笑みを口元に貼り付けた。

「シルビア・ジャルハラール嬢ですね？」

仮面舞踏会では相手の素性を問わないのが礼儀だ。わかっていても気づかないふりをして刹那《せつな》の交流を楽しむ。むろん、舞踏会が終わったあと、その親交をどう生かすかは本人たちの自由――けれどあくまでも、ここでのシルビアは〝仮面をつけた女〟でしかない。

「会場にお戻りください。休息がご希望であれば隣の部屋へ」

不躾《ぶしつけ》な問いには答えずシルビアが男たちに声をかける。すると、男たちは大股で歩いてくるなり乱暴にシルビアの腕を摑んだ。

「きゃ……!?」

「顔を確認しろ。間違いじゃすまされないぞ」

手が伸びて仮面を摑まれる。一体なにが目的なのか、シルビアは混乱しながら仮面を押さえて男の手を振り払おうともがいた。

「なにをするんですか！　人を呼びますよ!?」

「こんな騒ぎじゃ部屋の前を通りかからない限り気づきませんよ、シルビア嬢」

「は、放しなさい！」

声が震えないように鋭く告げる。だが、腕を摑む力はゆるまない。それどころか三人は、その口元にぞっとするような笑みを刻んでいた。それを見た瞬間、体が小刻みに震えた。

「誰か……!!」

助けを求めるため声をあげ、体をねじる。胸元が大きく開いたドレスに男の指が乱暴にかかると、華奢な体を包んでいた繊細な生地が音をたてて裂けた。

シルビアは悲鳴をあげて胸元を押さえる。男たちは目を見張り、息を呑んだ。

空気が一変する。その刹那——。

「なにをしているんだ？」

なんの前触れもなく静かに張り詰めた声がそう問いかける。

シルビアがドアを見ると、そこには舞踏会に参加していたのだろう男が立っていた。黒く光沢のある上着を肩に引っかけ、上等なシルクのシャツを身にまとい、大粒のスタールビーをあしらったタイピンでスカーフを軽く留めている。ズボンも仕立てがよく長い足をよりいっそう長く見せ、ベルトも靴も惜しげもなく金がつぎ込まれていた。なにより、高い鼻梁とやや薄い唇、引き締まった顎のラインが凛々《りり》しく目を惹いた。

「た、助けてください！」

呼びかけた直後、冷ややかに室内を眺めていた彼はつかつかと部屋に入ってきた。男たちはとたんに不機嫌になり、一人が離れて彼の元へ向かう。

そこから先は、実に鮮やかだった。

腰を落とし、殴りかかってきた男の足下を払った。勢いづいた体は壁に突っ込んで動かなくなり、もう一人がぎょっとしたようにシルビアから離れる。

「貴様……!!」

摑みかかったその男も表情一つ変えず軽々と投げ飛ばした。

「……ああ、裾が乱れてしまった。最近、こういうことはあまりしないから、思った以上になまっているのか」

　ふと体を起こした彼は、うめき声をあげる男たちをちらりと見てからいまだシルビアを押さえつけている最後の一人へと視線を投げた。

「今なら五体満足で帰してやってもいい。向かってくるなら、手土産に骨の一本くらいもらわないと——女性を怯えさせたのだから、当然その代償は払うつもりだろうな？」

　声は、なんの抑揚もなく問う。男はびくりと体を揺らし、慌てたようにシルビアから離れた。そして、友人たちを抱き起こして逃げるように部屋を出て行った。

　まるで、夢の中にいるかのようだ。もしも王子様がいたのなら、こんなふうに現われて、こんなふうに助けてくれるのかもしれない。

「大丈夫か？」

　人を寄せつけないような空気をまとう彼は、シルビアを見て優雅に上着を脱ぎながら近づいてきた。惚《ほう》けたように見上げるシルビアの肩を、上質な上着でそっと包む。

　なにか、言わなければ。早くお礼を——そう思うほど言葉が出なくなる。

「怪我を？　今、人を……」

「だ……大丈夫、です。ありがとうございます」

　ドキドキと鼓動が速くなる。無事に出た声に安堵し、訪れた沈黙に動揺する。なにか言わなければ、もう一度そう思って口を開いた。

「お、お強いのですね」

「……喧嘩が強いのは自慢のうちには入らないよ。私は弱い男でありたかった」

独特な光を宿す鳶《とび》色の瞳が少し寂しげに微笑み、シルビアの鼓動が大きく一つ跳ねた。

「あ……あの……」

「そのドレスは君には少し早いようだ。この上着を使いなさい。そんな格好でダンスホールに戻れば皆が目のやり場に困る」

ぐいっと上着をひっぱられて視線を落とすと、胸の谷間どころかそれを演出するための綿の詰め物すら露出しているのが見え、シルビアは真っ赤になった。

「み、み、見ましたか!?　わ、私のこれは、み、見栄ではなくて、見た目を重視した結果で、これから先、もう少し成長するはずなんです……!!」

情けなく言い訳をすると、彼は目を丸くしたあと、ふいに表情を崩した。

柔らかな笑み。まるですべてを包み込むような眼差しに、もう一度鼓動が跳ねる。

「女性が美しくなる努力をするのは恥じることではない。……だが、こんなところを人に見られたら君も面倒だろう。落ち着いたらダンスホールに戻るといい」

彼はシルビアの髪をそっと指先で払い、部屋を出て行ってしまった。

シルビアは茫然とドアを見つめる。彼の指先がかすかに触れた頬が熱い。無意識にその場所を押さえ、収まらない鼓動に動転した。

「な、なに、これ……!?　心臓が……」

壊れてしまうのではないかと不安になるほど激しく脈打っている。

「な、名前を、訊くのを忘れたからよ。だから、慌ててるんだわ。そうよ。いくら仮面舞踏会だからって、恩人の名前を訊き忘れるなんて……!!」

シルビアは立ち上がり、廊下に飛び出した。けれどそこに先ほどの男の姿はない。

「舞踏会に戻ったのかしら」

「お嬢様？　どうされたんですか？」

きょろきょろ見回していると汚れた食器を運んでいた侍女のリズに声をかけられた。長い髪をレースをあしらったキャップで一つにまとめた彼女は、ふわふわのエプロンと濃紺のメイド服を着てはいたが、仮面はつけていない。あとから追ってきたくせっ毛のかわいらしいマリーも、同じように仮面はつけていなかった。

「お嬢様!?　ドレス、どうされたんですか!?」

険しい表情になるリズを見てシルビアは慌てた。

「ひ、ひっかけて破ったの。それで、親切な方に上着を貸していただいて」

「どこで破ったんですか？　……まさか、不逞《ふてい》の輩にやられたんじゃありませんか？」

　マリーの指摘にシルビアが青くなって首を横にふる。

「お嬢様はジャルハラール家の一人娘なんですよ？　狙っている男性は大勢いるんです」

「そうですよ。薄いとはいえ王家の血筋をくんでらっしゃるんです。ジャルハラール家の財と地位をほしがる人はたくさんいるってこと、お忘れではありませんよね？」

「お嬢様を娶《めと》るっていうのは、逆玉です、逆玉！　男の夢です！」

　リズはシルビアより一つ上で、長年ジャルハラール家に仕えてきたリブラル家の娘だ。そして、リズより直球で話を進めるマリーはシルビアと同い年でリズの親戚にあたる。

「とにかくお部屋にお戻りください。すぐ着替えの用意をしますから」

　リズはマリーをともなって慌ただしく去っていった。

「……逆玉だなんて」

　世俗的な言い回しに溜息が漏れる。部屋に戻って姿見を見たシルビアは、皮膚の一部にこすれたような痕《あと》を認めて肩を落とした。

　ドレスを脱ぐと、去っていったときと同様の慌ただしさで侍女たちがやってきた。

「上着を貸してくださった方、もしかして女嫌いですか？」

　脱いだばかりのドレスとシルビアを見比べ、マリーが困惑気味にそんな質問を投げる。

リズに新しいドレスを用意してもらいながらシルビアが小首をかしげた。

「なぜ?」

「着飾った女性が乱れてたら、男の人は普通むらむらーっとするものなんです。それを、上着を貸しただけなんておかしいですよ」

「お、おかしくなんてないわ。とても紳士的だったわよ!」

欲情するどころか憎らしいほどあっさりと去っていってしまった。

「変ですね。独身の男なんてお嬢様目当てに仮面舞踏会にやってきてるようなものなのに、それが紳士だなんて」

マリーの言葉にシルビアは渋面になる。

「だから私、見ず知らずの男たちに襲われたの?」

「き、既成事実を作ろうってことですか!? 外道! 最悪ですね!!」

リズが詰め寄り、マリーが悲鳴をあげる。シルビアは勢いよく首を横にふった。

「本当になにもされてないわ!」

「たとえそうでも旦那様に言いましょう! 懲らしめてやりましょう!」

「名前もわからないのに」

「……もう男みんな参加禁止でいいじゃないですか」

赤いドレスをシルビアに着せていたリズがぼそりと告げる。

「あ、あんな人たちばかりじゃないわ。それに、舞踏会を純粋に楽しんでる方も多いの」

「だったら護衛をつけてもらいましょう」

「お父様が理由を知ったら舞踏会が取りやめになったりしない？」

護衛は目立ちすぎる。シルビアの質問にリズが眉根を寄せた。

「取りやめどころか逆鱗に触れます。なにがなんでも犯人を捜し出し、最悪の場合は一家離散……」

「わ、私が気をつけていれば大丈夫よ」

父は普段は温厚だが、怒らせたら怖い。男たちがしたことは腹立たしいが、だからといって誰かが不幸になっていいとも思わない。シルビアがじっとリズを見ると、彼女は渋々とうなずいた。

「身の危険を感じたら、どんな状況でも人を呼んでくださいますか？」

「え、ええ。もちろん」

ほっとして正面を見ると、別人のように着飾った自分が鏡からこちらを覗いていた。

陶器のようになめらかな肌に、大輪の花が咲いたような赤いドレスがよく映える。瞳の色は芽吹きはじめた若葉のように鮮やかな緑で、髪は新雪を思わせる白銀——その髪を、ドレスと同じ色の生花で飾る。

母の若い頃によく似ていると言われる容姿を、シルビアはとても気に入っていた。

けれど――。

「たとえ目的が私でも、私を見ている男の人なんていないわ」

溜息をついたとき、ふと鳶色の瞳を思い出した。

もしかしたら、シルビアの立場など気にせず接してくれる人がいるかもしれない。少なくとも暴漢から守ってくれた彼からは嫌な感じはしなかった。それが救いのような気がして、シルビアはいつの間にか彼が貸してくれた上着を見つめていた。

上等なシルクの上着。きっと、どこか名のある貴族の子息に違いない。

「ドレスに合わせて口紅の色も変えます。マリー、化粧箱を」

「はい。あ、このドレスに合う首飾りがあったような……どの宝石箱に入ってたかしら」

上着を丁寧にたたんだマリーは化粧箱を運び、部屋の奥へと駆けていく。

ゆるやかな曲線を描く天井は、創世の一場面を抜き取って描かれていた。二百年前に描かれたと言われる絵画は美術品としての価値も高い。部屋の隅に飾られた壺も、何気なく置かれたテーブルも、美術館で飾られてもなんら不思議のない技巧を凝らしたものだ。建物や装飾品、身につけるものすべてが一級品――。

「お腹はすいていませんか？　焼き菓子を用意したのですが」

銀の菓子器に入れられたジャムをたっぷり練り込んだ鮮やかな焼き菓子を差し出され、シルビアは一つつまんで口に運んだ。

「そういえば、カーラが旦那様にべったりくっついてましたね」

「マリー。カーラ様よ、カーラ様」

「……娼婦のくせに」

「今は旦那様の愛人なのだから、割り切りなさい」

リズがたしなめるとマリーは宝石箱を手に頬を膨らませながら戻ってきた。

「新しい首飾りをつけてたんですよ。こーんな大きなサファイアの入ったやつ！　見せびらかすみたいに胸を突き出して、嫌な感じだったんですから！」

「そう見えただけよ」

リズは身振り手振りで抗議するマリーを軽く受け流し、シルビアの唇に紅《べに》をのせる。赤い服に映えるように、宝石のように見事な赤だ。

「……お父様はカーラと再婚するのかしら」

「わかりません」

目元にも赤を差し、珊瑚と黒真珠の首飾りで胸元を飾る。

憂鬱《ゆううつ》な溜息が唇を割った。

◆◇◆

翌朝、ヴァレリー・ホープスキンはメルキオッド・バーグリーに箱馬車に押し込められ石畳を行く羽目になった。光沢のある糸で織られた座席はしっかりと綿《わた》が詰められていていつ腰かけても座り心地がよく、窓は丁寧に磨き込まれ、柱にも装飾が施されている。馬は黒毛で足が太く、その一頭だけでも一財産という堂々たる体躯《たいく》だ。

が、今は、馬も箱馬車も、今着せられている上等な服も問題ではない。

「どこに行く気なんですか、メルキオッド様」

「おいおい、どうして敬語なんだ」

「仕事中です。俺はメルキオッド様のご厚意で雇ってもらっている身です」

「僕は友人として君を放っておけなかっただけで、雇っているつもりは毛頭ないよ」

「ですが、給金をいただいています」

であるならば、雇用関係にある。仕事中は敬語を使っておくべきだ。

「……君は相変わらず融通《ゆうずう》が利かないな。元学友に敬語を使われて敬われ、僕がどれほど気色が悪い思いをしているかわかってるのか？」

「敬った記憶はありませんが」

「減らず口を」

ヴァレリーの返答にメルキオッドが肩をすくめ、窓の外を見た。夏が過ぎ、街路樹はすっかり輝きを失い落ちはじめているところもある。家々は冬支度の一環として軒先にこの秋とれた果物で乾物を作り、チーズやバターをせっせと納屋《なや》に移動させていた。ひらひらとはためくシーツは、抜けるような秋空によく似合う。

実にのどかな光景だ。

このまま市場に行くのかと思っていると、馬車は大通りを折れ南へ走っていった。

「これから君の苦手な場所に行こうと思う」

困惑するヴァレリーの姿を楽しむように、正面に腰かけたメルキオッドは優雅に足を組み直した。

「ところで、昨日の舞踏会はどうだった？　僕はまだ君の感想を聞いてない」

「合いません。息が詰まる。あの空気は俺には毒です。華やかで息苦しくて……甘い」

甘かったのは〝彼女〟がまとう香りだったのかもしれない。ふと、そんな思いが生まれた。誰もが心まで仮面をつけて他人の顔色をうかがう中、静かにたたずむ彼女だけが不思議なくらいまっさらな生き物に見えた。それなのに、首筋から全身から、まるで男を誘うように濃密な芳香がたちのぼっていた。

遠目には清楚なのに、近づくとたんに異性を誘うような危険な空気を孕《はら》むのだ。男たちが彼女について行くのを見て胸騒ぎを覚えたのは、なにか予感のようなものが働いたに違いない。

「舞踏会に行きたいって言ったのは君だろ？　なのにダンスを踊ったのはたったの三回。それも、誘われてようやく応じたって……一体なにしに行ったんだ？」

男たちは上等の服で身を飾り、女たちは華やかなドレスで自己主張する。あんな場所で、とても自分から動く気にはなれなかった。目的があったにもかかわらずダンスホールを出た〝彼女〟を追ったのは、あの空気に酔ってしまったのもあったのだろう。

ヴァレリーが押し黙っていると、

「上着をどうしたんだ？」

さらに答えづらい質問が続いた。見知らぬ女性に渡したと言えばあれこれ詮索《せんさく》される。

ヴァレリーは小さくうなり声をあげた。

メルキオッドはヴァレリーと同じ二十三歳で、注目を集めているやり手の若手実業家である。表向きは銀行家で、その正体は金貸しだ。集めた金を企業主に低利で貸し、事業が軌道に乗ると独自の目算から運営を指示し、さらなる利益を生み出す。今のところ彼の読みにはずれはなく、引く手あまたといった状況だ。彼は金糸の髪をふわりと揺らし、小首をかしげ、ヴァレリーの言葉を待っている。

「上着は……ちょっと、いろいろあって」

見知らぬ少女に渡した。

人を誘うような甘ったるい芳香をまといながら清らかさを損なわない少女——ほんのわずかのあいだにもかかわらず彼女から目が離せなくなってしまった。

「……都会は恐ろしい」

あんなものがいるのだから、やはりなにかが住み着いているに違いない。

「ダンスホールから出て、なにか珍しいものでも見つけたのか？」

「……別に、俺のことはいいだろ」

「将来役に立ちそうな貴族とお近づきになれたとか？」

「貴族にコネがほしかったわけじゃない」

「コネは作っておくべきだ。それは役に立つ。実際、今だってコネだろう。僕と君は同じ学院で机を並べ、だからそうして僕の前に座っている。世界というものはつねにどこかでつながりを求め、偶発的なできごとですら偶然という名の必然でできているんだ」

ゆえにメルキオッドはつながりを求める。彼が仮面舞踏会に招待されるのを切望したのも、そうしたつながりから新たな発展を求めてのことだ。つなぐのは縁か思惑か——しかし、ヴァレリーにとってはなにもかもがどうでもいいことだった。

「必然なんて、虫ずが走る」

「……敬語、忘れてるよ」

指摘されてはっと口を閉じると、メルキオッドが鼻で笑った。

「君は欲がないのか執着がないのかどっちなんだ？　僕は必然がほしくてかけずり回ってるっていうのに……仮面舞踏会を機にジャルハラール伯爵とお近づきになりたいんだ」

ネイビー・ジャルハラール。この辺り一帯の領主であり、国が乱れたときは騎士団を率いて前線を駆け抜け多くの功績を残し国に貢献した一族の末裔だ。国に安寧をもたらした立役者の一人であり、報酬として与えられた土地も国土の一割を超えると言われている。一部で煙たがられるのは富める者の宿命といったところか。

「ジャルハラール伯爵は舞踏会以外に財を吐き出す機会がない。だから僕は、なんとかしてそこから金を引き出したいんだ」

「屋敷の建て替えでも提案したらどうですか？」

声が固くなってしまわないよう、ヴァレリーは慎重に言葉を返した。そのとき脳裏に浮かんだのは憔悴《しょうすい》しきったネイビー・ジャルハラールの横顔だった。白銀の髪は艶を失い、目は落ちくぼみ、眼光だけがぎらぎらと輝いていた。服の仕立てはとてもよかったが、泥水で汚れ、まるで浮浪者のようだった。言葉を解すことも、ものを食べることも、生きることすら疎んでいるような姿――生気に満ちた昨日とはまるで別人だ。

「あの屋敷に手が加えられるような建築家が現われたら、僕もぜひお近づきになりたいところだ。……この町に貴族が別荘を持つのは、ジャルハラール伯爵がいるからでもある。誰もが彼のことを狙っている。……狙われているのは、彼ばかりではないけれど」

含むような物言いにヴァレリーは顔を上げた。

「彼の一人娘、シルビア・ジャルハラール」

続く言葉に息を呑む。娘がいることは知っていたが、いきなりその名を聞くとは思わなかったのだ。内心の動揺に、視線が車窓へと逸れた。

町中には豊穣祭の名残があちらこちらに見える。多くは道ばたで眠りこける中年男だ。その脇には樽《たる》が転がり、カップがひっくり返り、石畳の上には紙吹雪が風に吹かれて何度か舞い上がっていた。朝だというのに鎧戸《よろいど》を閉めた家も多い。洗濯をするため用水路へ出てくる婦人もいるがごくわずか――町中が豊穣祭の余韻にひたっていた。

「誰が彼女を落とすか、貴族連中のあいだではその話で持ちきりだ。伯爵も一人娘を溺愛しているから、下手な男を伴侶に選ぶとは思えないが」

頬杖をつき、独り言のようにささやいてメルキオッドも外を眺める。

伯爵の大切にする娘——なにも知らぬまま育てられた美しい少女。ざわりと心の中が乱れるような気がした。その少女を失えば、あの男はどれほど傷つき嘆き悲しむだろうか。かつてのヴァレリーがそうであったように絶望し、憎悪に心を乱すかもしれない。

「……シルビア・ジャルハラール、か」

「なんだ、気になるのか？　君には高嶺《たかね》の花だぞ。もちろん、僕にも」

おもしろがるようにメルキオッドは声を弾ませ「だが」と言葉を続けた。

「手の届かない花じゃない」

含むような声音《こわね》に顔を上げると、馬車がいったん停まった。

外を見ると技巧を凝らした黒い柵が、見渡す限り延々と続いている。昨日も見た光景だ。正確に言えば、この町にやってきてから何度も人目を忍んで見に来た光景、である。

最高のものだけを集めて造られたと噂されるジャルハラール邸——。

「な……!?」

「昨日、君が姿を消しているあいだにジャルハラール伯爵と会って、今度ゆっくり話をしたいと言われて」

ヴァレリーがダンスホールから出たのはほんのわずかのあいだである。人心を摑むことに長《た》けた者は確かに存在する。しかし、あまりにも鮮やかすぎる。ヴァレリーが呆気にとられているうちに馬車は門を抜け、植物の織りなす緑のアーチをくぐった先にある白亜の建造物へとたどり着いた。緑の中に沈む屋敷は荘厳で美しく、派手な装飾の代わりに細部に至るまで彫刻がなされ神秘的ですらあった。

まるで、昨日出会った少女のように。

「メルキオッド様、到着いたしました」

御者台から降りたロブ・アンバーの声にヴァレリーは夢から覚めたように目を瞬いた。

これは好機か、あるいは窮地か——先に降りるメルキオッドを見てどっと心臓が不愉快な音をたてる。緊張に握りしめた手がぐっしょりと濡れた。

昨日は仮面をかぶっていた。あの悪夢のような日から三年たったとはいえ、気づかれるのを恐れて髪を撫でつけ、昔の面影など微塵も感じさせないよう別人を演じた。

けれど今は素の自分だ。服装も髪型も、二十歳の頃よりときを重ねたとはいえ大きく変わる部分はない。気づかれれば警戒されるだろう。人を呼んで締め出されるか、あるいは適当な理由をつけて警邏《けいら》隊に引き渡され、一生牢獄の中で過ごすか。

ナイフすら持たない己の迂闊さを呪いながら、ヴァレリーはメルキオッドにうながされるまま馬車から降りた。

「……メルキオッド様、俺はロブと一緒に馬の世話を……」

「なにを急に言い出すんだ？　一緒に来い」

「俺は下男です。一緒に行くわけには……」

「……確かに僕は、君に身の回りの世話をしてもらい、仕事を手伝ってもらう対価に衣食を提供し、金を払っている。この関係は雇用ということになるだろう。だけど別に、下男としてそばにいてもらってるわけじゃない。君が優秀だということを僕は知っている。だから、その能力に見合った対価を払ってるだけだ」

「俺はなにもしていません」

「それを判断するのは僕だ。さあ、ごねてないで行くぞ」

ぐいっと腕を引かれヴァレリーはよろめいた。大きく開け放たれたドアの前に人が立っている。白銀の髪に青い目をした男――ざわりと全身の毛が逆立つような気さえした。

息が苦しい。必死で唾を飲み込み、ぐっと拳を握る。

「ジャルハラール伯爵、お招きに預かり光栄です」

メルキオッドはヴァレリーの手を放し、満面の笑みでネイビーに歩み寄る。ネイビーの隣には豊満な体を強調するようにウエストを絞り込んだドレスを着た女が立っていた。娼婦上がりと噂されるカーラ・ブレアである。宝石のようにきらめく緑の瞳と長いまつげが印象的な、官能的な美女だ。年の頃は二十代後半か、せいぜい三十代前半——今が盛りと咲き誇る大輪の薔薇を思わせる艶姿《あですがた》である。

「さっそく来てくれるとは……歓迎するよ、バーグリー男爵」

「メルキオッド、と」

まるでこれから商談でもはじめそうな勢いで固く握手を交わす二人にカーラは呆れ顔で苦笑した。しかし、ヴァレリーは彫刻のように固まって動けなかった。

ネイビーは母と妹の仇《かたき》だ。それればかりか父すら病床に追い込んだ諸悪の根源である。噛みしめた唇から血がにじみ、鉄の味が広がった。この三年間、この男の顔を片時も忘れたことはなかった。神への祈りを捨て、思いつく限りの罵詈《ばり》雑言《ぞうごん》を口にした。

ああ、ここに武器があったなら——。

「……そちらの方は？」

ふと視線が合ったネイビーの問いに、ヴァレリーは頭を殴られたかのような衝撃を受け、これ以上ないほど大きく目を見開いた。

「彼はヴァレリー……ええっと、今は、ホープスキンだったね。僕が学生だった頃、必ず僕の上をいっていた憎い友人です」

軽い口調の愚痴にネイビーが苦笑を返す。

「そうか。よく来てくれたね。君の友人ということは経済学を?」

「いえ、彼の専攻は畜産ですよ。交配における品種改良の分野でいくつも賞を……」

声が遠くてよく聞こえなかった。

親しげに言葉を交わす彼らは、ヴァレリーのことを話題のつなぎとして会話に乗せていた。三年前、家族を崩壊に追い込んでおきながら、ネイビー・ジャルハラールはヴァレリーの顔すら覚えていなかったのだ。

「……首をつって死んだ娘のことを忘れたのか? 俺は、その娘の兄なのに……?」

結婚を控えていた妹の遺体は部屋の梁《はり》にぶら下がっていた。遺書にはたった一言、謝罪の言葉だけがつづられていた。母は台所で腹を切っていた。遺書はなかった。苦しんで死んでいったのがわかるほど床にはおびただしいまでの手の跡が残っていた。

そして、父は心と体を病んで、三ヶ月後に息を引き取った。

自殺は大罪である。二人も同時期に自殺者が出たことで教団からは不浄が根を張り土地が汚れたと言われ、バスク家は罪家《ざいか》の烙印を押されて土地と家督を失った。事実上バスク家は断絶し、ヴァレリーは母方の姓であるホープスキンを名乗ることを余儀なくされた。

一年ほど抜け殻のように過ごした。

そして、あるとき元凶となった男の正体を知った。ヴァレリーは教団に書状を何通も送りつけた。母も妹もその男に辱めを受け、自ら命を絶ったのである。せめて家族がとこしえの国で心安らかであるように、正しく埋葬されるよう神司《しんし》たちに懇願した。

けれど祈りは聞き入れられず、母と妹は不浄のものとされたまま葬られることなくチソ山の麓《ふもと》に野ざらしにされ——。

「シルビアが焼き菓子を作ってくれたんだ。少し焦がしてしまったようなんだがね」

ネイビーは笑い皺を蓄えて穏やかに告げる。一人娘がかわいくて仕方がないのだと、その口調と表情だけで充分に伝わってきた。

ここにはあたたかい家庭がある。ヴァレリーが三年前に失ってしまったぬくもりが。これほど近くにいるのに怨嗟《えんさ》の言葉は一つも出てこなかった。すべてがどろどろに溶け合って、心の一番深いところにゆっくりと染みこんでいくのを感じた。

屋敷に入り、ほとんど幽鬼のように前を行くメルキオッドたちについて歩いていると、長い廊下の途中でドアが開いて白銀の髪の少女が飛び出してきた。

「きゃっ。ご、ごめんなさい……!!」

とっさにその体を受け止めると、そんな声が聞こえてきた。

ぱっと上げられた少女の顔は驚くほど小作りだった。それなのに瞳は大きい。光の当たり具合で春の若葉のように柔らかな色を見せる目には長いまつげが影を落とし、すっと筋の通った鼻はバランスよく配され、唇は朝露で溶かした紅をさしたかのようにみずみずしい。透き通るほど白い肌に、なによりその見事な白銀の髪――。

立ちのぼる芳香に、胸の奥が甘く疼くと同時に憎悪が鎌首をもたげた。

ああ、と、嘆きと歓喜がない交ぜになった声が胸中で響く。

なぜ昨日助けたときに気づかなかったのだろう。これほど明確な印があったというのに。

さらりと揺れる白銀の髪を凝視して自虐《じぎゃく》的に思う。

この娘が、シルビア・ジャルハラール。ネイビー・ジャルハラールが溺愛する一人娘。

「……お怪我はありませんか、シルビア様」

この娘が、ネイビーを追い詰める最大の武器なのだ。

◇
◆
◇

父が人を招くことは珍しくない。とくに、シルビアの結婚相手を探すようになってからは、シルビア自身にも同席させて花婿を厳選するほどの熱の入れようだった。

世間一般では政略結婚が多いが、ジャルハラール家はその枠に囚われない。莫大な財と不動の地位を持つため多少のことではその土台が揺るがないからだ。

代わりのように、連日届く求婚の手紙や贈り物をネイビーが精選するのである。

そして、その中にメルキオッド・バーグリーのものがあった。直接の求愛ではなく経済にたとえた遠回しな手紙に、ネイビーはいたく興味を引かれたらしかった。

昨日はじめて言葉を交わしたと思えないほど、メルキオッドはネイビーと打ち解けている。彼は、食事の所作《しょさ》も美しく、話も上品で機知に富み、さらに意地悪でふられた猥談《わいだん》もさらりとかわしてしまった。機嫌のいいネイビーの様子から、シルビアはメルキオッドがあらゆる点で父を満足させていることを知る。

盗み見ているとメルキオッドに気づかれ、シルビアは慌てて視線をティーカップに落とす。金髪碧眼の好青年――身なりもよく、体を鍛えているのか肩幅も広い。銀行家など格式を重んじる旧家であれば歯牙《しが》にもかけないが、幸いにしてネイビーは家柄よりも本人の気質に重点を置く。彼ならば婚約者候補として申し分ないだろう。

だが、しかし。

シルビアはメルキオッドの隣で静かに話に耳を傾ける男を見た。黒髪に鳶色の瞳を持つ彼はメルキオッドの従者らしい。しかし、身につけているのは主人に負けず劣らず上等な服で、しかも食後の茶会に同席しているのである。あまりに不自然だ。使用人というより友人という気安さで、メルキオッドが何度か声をかけているのが妙にひっかかる。

それに、なによりあの瞳の色。

まさか昨日助けてくれた仮面の男なのでは——そう思ったが、あまりに雰囲気が違う。昨日はひどく硬質な空気をまとっていたが、今は険など微塵も感じさせないほど穏やかだ。まるで、凪いだ湖面のようにどこまでも澄み、音もにおいも、すべてを呑み込んでしまうようなからっぽの平穏。

ふいにぞくりとし、シルビアは慌てて顔を伏せた。

ただそこに座っているだけなのに妙に気にかかる。シルビアは狼狽《うろた》え、誤魔化すようにティーカップを口に運んでからそれがからっぽであることに気づいた。

「紅茶のおかわりを用意いたします」

お茶など侍女に任せればよかった。しかし、なんとなくじっとしていられず、シルビアは断るなり立ち上がってカップを片付けそそくさと部屋を出た。

キッチンワゴンを押して廊下を行くと、いつの間にか溜息が出ていた。

「……別に、普通の人だわ」

ヴァレリーに特筆するようなところがあるわけではない。第一、初対面の相手だ。こんなに気になるというのも奇妙だった。

「誰が普通の人？」

問いにぎょっとして振り返ると、メルキオッドが手をふりながら近づいてきた。

「ど、どうかされましたか？」

「どうしたって、つれないな。誘ったのは君だろう？」

「え……？」

目の前に来たメルキオッドに肩を摑まれ、呆気にとられているあいだに壁に追い詰められてしまった。昨日の今日で言い寄られ、シルビアは困惑を通り越して疑問さえ抱いていた。

「誘っていません。て、手を、お放しください」

ジャルハラール家の名前に魅力があることは知っている。けれどなぜ、それだけのためによく知りもしない女にこれほど熱烈に声をかけてくるのか。

「何度も視線を寄越し、部屋を出るよう合図してきたくせに、今さらそんな……」

あれはただ単にメルキオッドとヴァレリーのことが珍しかっただけで深い意味はない。

シルビアは慌てた。

「違います。お父様があぁして打ち解けるのは珍しかったんです」

「言い訳に父親を出すのはちょっと無粋《ぶすい》だと思わないか？」

「言い訳じゃありません。お、落ち着いてください。メルキオッド様！」

悲鳴のように呼びかけた刹那、唐突に伸びてきた手がメルキオッドの肩をぐっと掴んだ。深く服に食い込む指に、骨の軋む音が聞こえそうなほどだ。筋張った手を茫然と見ていると、メルキオッドが上体をねじってうめき声をあげた。

「ヴァレリー！　なんだよ!?」

「メルキオッド様、お戯《たわむ》れがすぎますよ？」

「お戯れってなに言って……いたたたた！　なんなんだ、ヴァレリー!!」

「廊下で盛《さか》るなんて獣以下ですね」

「わかったって！　悪かった!!　もうしない！　だから放せ！」

ヴァレリーの手をはずそうと四苦八苦していたメルキオッドは、溜息とともに肩から手が放れるとその場所を何度もさすった。

「強引に物事を進めようとするくせは変わりませんね」

「……なんなんだ、君は。新手の嫌がらせか？　どうしてここにいるんだ」

「主人が粗相《そそう》をしないように見張っておこうと思いまして」

「これは粗相じゃなくて恋の駆け引きというんだよ、ヴァレリー。君は恋愛に興味がないからわからないかもしれないけど、これも男女間における交渉の一つで」

「そういう小難しい言い回しは問題をあやふやにし、ひいては信用さえなくしますよ」

「君は直接的すぎるんだ」

「よかったら見習ってください」

「……ありがとう、参考にする。……君はあれだね。言葉遣いと内容がちぐはぐだね」

「感心しないでください」

「あきれてるんだよ」

さらりと言葉を返すヴァレリーと頭をかかえるメルキオッド。二人のずれたやりとりがなんともこきみよく、寄宿舎にいた頃の友人たちのやりとりを思い出す。とくに珍しいこともなかったのに、朝起きてから夜ベッドに入るまで一日中大騒ぎだった。

懐かしく思い出してくすくす笑っていると、ふいにヴァレリーがシルビアに顔を向けた。

鳶色の瞳の奥に激しい炎を見たような気がして笑いの発作がすっと引いていく。鼓動が急に速くなり、そわそわと落ち着かない気持ちになった。

「……その香水は?」

意外な質問にシルビアが上半身を軽くねじる。

「わかりますか? 軽いものなのですが……都に行ったとき調香師《ちょうこうし》に作ってもらったものなんです。つけてすぐは少し刺激的な香りなんですが……」

「時間がたつと甘い香りだけが残る」

言ってから、ヴァレリーははっとしたように口を閉じた。まさか香水のことに詳しいとは思わず、シルビアは目を輝かせる。

「そうなんです。少し、私には早いみたいですが」

香りをまとうシルビアにはその細微な変化に気づけないが、ごく稀《まれ》に敏感にかぎ分けて褒めてくれる人がいる。どうやらヴァレリーは気づいてくれるタイプの男らしい。

「日常生活に邪魔にならない程度の香りです。……お茶を入れて参ります」

シルビアは二人に一礼し、キッチンワゴンを押してしずしずと歩き出す。

そして、視線を感じて立ち止まる。振り返るとメルキオッドが微笑みながら手をふり、ヴァレリーはシルビアに興味はないと言いたげに視線を床に落としていた。

「……気のせい……？」

射るような眼差しはどう考えてもメルキオッドのものではない。しかし、ヴァレリーのものかと問われても、これもよくわからなかった。

違和感を覚えながらも歩《ほ》を進める。

廊下を折れる直前、再びぞくりと背筋が冷えた。

ネイビー・ジャルハラールは、夕食が終わり別れる直前になってもヴァレリーのことを思い出さなかった。

わずか一週間とはいえともに暮らした相手――しかも、ヴァレリーはネイビーにとって命の恩人だ。落馬し、連日の雨で増水した川に流されていた彼を、ヴァレリーは命がけで助けたのだから。それなのに、彼は初対面の相手と接するような態度を崩さなかった。

◆
◇
◆

帰途、ヴァレリーは車窓を横切るガス灯の光を凝然と見つめた。

「そんな思いつめた顔をしてもガス灯は壊れないよ。……でも、あっちは揺れていたな。眼差しってものは、恋を語る際には饒舌なのかもしれない」

「恋？」

「シルビア嬢が気になるんだろ？　君があんなに情熱的な目で女性を見つめる男だとは思わなかった」

メルキオッドの妙な解釈に、ヴァレリーは眉根を寄せた。

「年は十六歳、地位も財産も申し分なく、あの美貌だ。亡くなった母親にとてもよく似ているらしい。母娘そろって美人とは、伯爵が羨ましい限りだ」

軽く果実酒を引っかけたせいか、メルキオッドは上機嫌に鼻を鳴らした。十六といえば妹のサルシャと同じ年だ。妹は失意のうちに首をくくって死んだというのに、元凶となった者の娘は今なお生きている。母はいないにしても父親に愛され、恵まれた環境で、なんの不自由もなく、さらなる幸せを手に入れようとしているのだ。

あまりの落差にめまいがした。

こんなことがあっていいはずがない。こんな理不尽が許されるはずがない。

「噂通りジャルハラール伯爵はシルビア嬢を溺愛しているようだな。仮面舞踏会は伯爵の愛人捜しなんじゃないかって噂も聞いたが婿捜しの線が濃厚だ。……さて、誰があの美しい花を手折《たお》ることができるかな」

メルキオッドが低く笑い声を忍ばせた。

馬車が十字路を越えると建物のあいだにひととき月が見えた。その月にシルビアの面影が重なる。あの月に近づくことはできないが、あの娘には近づくことはできる。

彼女は生身の人間なのだから。

「……メルキオッド様、また仮面舞踏会に行くんですか?」

「もちろん。あそこには貴族ばかりか政財界の重鎮も顔を出す。役者も、有識者も、怪しい研究に明け暮れる科学者も、パトロンを求める若き芸術家も――ジャルハラール伯爵に一声かけられれば出入りは自由だ。コネを作るのにこれほど理想的な場所はない」

やはり彼はただの娯楽や好奇心で舞踏会に出たがっていたわけではないらしい。やけに精力的な言葉を吐く友人に、ヴァレリーは口元を歪めた。

「俺も同行したいのですが……」

「いいとも！　ただし、敬語はやめてくれないか？　鳥肌がひどくて」

「俺は下男です」

「せめて従者と言ってくれよ。秘書でもいい。片腕のほうが合ってるのかな」

「……雇われてるんだから、仕事中はちゃんと区切りをつけます」

きっぱり返すと、メルキオッドは背もたれに深く体を預けて溜息をついた。

「それが正しい姿勢であることは認めるけど、なにもこだわる必要はないだろ」

「俺は仕事をしてるんですよ」

「……強情だな。君は本当に融通が利かないのが難点だ」

「性分なんです。それより、ずいぶんあっさり同行を許可してくださいましたね」

「ん？　仮面舞踏会か？　言っただろう。あの仮面舞踏会に集まる人間の目的はさまざまだけど、伯爵の思惑は――」

「シルビア・ジャルハラールの婿捜し？」

「その通り。実際に独身者は男を連れて来るようそれとなく招待状に書かれている。若く有能な者たちの交流の場となるような舞踏会です、とね」

それゆえ、ヴァレリーが仮面舞踏会に行きたいと訴えたらあっさりと了承してくれたのだろう。シルビアを狙っているなら恋敵が増えることになるが、それがネイビーの希望なら正々堂々と受けるつもりらしい。実に彼らしい。

「……たいしたものだな」

密かな賛辞を、メルキオッドはネイビーに向けたものと解釈したのか深くうなずいた。

「仮面舞踏会はさまざまな階級の人間が交流できる場になった。伯爵が大切な一人娘の婿捜しを第一に考えていたとしても、この点は高く評価できるだろう。シルビア嬢に選ばれた男は幸せ者だ」

——ならば、大切に育てられたその花を手折ってみせよう。

ネイビー・ジャルハラールがしたように、幸せの絶頂から不幸のどん底に突き落とすように、美しく可憐なあの娘に目のくらむような絶望を。

闇を見据え、ヴァレリーは唇をゆがめた。

第二章　危険な遊戯

父は、快活で社交的なメルキオッドを気に入ったらしい。一度屋敷に招いてからというもの、毎日のように贈り物だといって花束やお菓子を持ってきてくれる。

しかも、物静かなヴァレリーをともなって。

「お嬢様は、メルキオッド様と婚約されるんですか？」

くるくると結い上げられる髪を鏡越しに見ていたシルビアは、リズに髪飾りを渡しながらのマリーの問いにびくりと肩を揺らした。

「な、なに、急に!?」

「旦那様はメルキオッド様を気に入ってるご様子ですし、あとはお嬢様次第だと思うんですよね。他に想う方がいらっしゃらないなら、メルキオッド様はお顔立ちもきれいですし、陽気な性格で仕事もできて気も利くし、なかなかいい物件なのではと」

「そうですね。お嬢様がいいのでしたら」

シルビアの白銀の髪に赤い花飾りをつけながら、気のない様子でリズが応じる。仕事に夢中なのか、余計なことに口を挟まない性格なのか、リズはいつでも一歩引いたところから意見してくるのだ。

結婚に関しては、ある程度シルビアに任されている。ただ、早い者なら十五歳で嫁ぐ。周りからそれとなくせかされるのも事実――前回の仮面舞踏会のときのように、既成事実を作ってしまおうという乱暴な発想の者がいないとも限らない。

「……やっぱりこのドレス、大胆すぎない？」

シルビアが視線を落とすと胸の谷間が見えた。肩紐はないのでコルセットでウエストを締め上げ、小ぶりなシルビアの胸では似合わないということで、左右に少し詰め物を入れてある。一部は肌が透けるほどに薄い生地を使った官能的なドレスだ。

「流行です！　お嬢様はお若いんですから最先端のドレスを着ていただかないと！　皆様が注目してらっしゃるんですよ！」

マリーはルビーをあしらった仮面を差し出しながら語気強く訴える。きれいなドレスも美しい宝石も好ましいが、そのときちらついたのは恩人である男の姿だった。

「こ……こういうドレスは、私には少し早いと思うの」

「そんなことありませんって！　さあ、そろそろダンスホールに!!」

マリーにうながされ、シルビアは渋々《しぶしぶ》と仮面をつけた。

ダンスホールに向かうと、そこは多くの人々できらびやかに飾られていた。髪色のためか、シルビアはどうしても人目を惹いてしまう。少し居心地の悪さを感じて視線をさまよわせていると、父とカーラの姿を見つけた。主催者であるためネイビーの周りにはいつも人々が集まり、そんな人々に妖艶な笑みを振りまくのがカーラの仕事だ。今日は体のラインを強調する黒いドレスを身にまとい、手にした扇を意味深に揺らしていた。

「……年齢は関係ないのかも……」

ちらりと自分の体を見て溜息をつき、ざわめきに気づいて顔を上げる。すぐにダンスホールにやってきたばかりのメルキオッドを見つけた。身長が高くバランスのいい体型のためか、あるいは見事な金髪のためか、彼もやはりよく目立つ。

「……メルキオッド様がいらっしゃるということは……」

ヴァレリーも、来ているのだろうか。

そんな疑問が湧いたのは、屋敷にやってくるときいつも必ず二人連れだからだろう。メルキオッドが光ならヴァレリーは影だ。陽気に笑う主人の隣で、物静かな彼は寄り添うようにそこに在る。強い光に影響されるように、彼の存在もまた、シルビアにとっては不思議と鮮烈なものだった。

さして話もせず、言葉も交わさないにもかかわらず視線を感じることがある。

「……不思議な方」

熱心に話しかけてくるメルキオッドに困っていると、ヴァレリーがさりげなく助け船を出してくれる。そうしたことが何度かあって、仮面舞踏会で助けてくれた男と似ていることも相まって、一方的に信頼すらしていたのである。

ダンスホール内を見回していると、人込みの中に黒髪の青年を認めた。メルキオッドと並ぶほど長身な男は広い肩幅と長い手足が印象的で、それらを濃紺の衣装で包んでいた。銀糸が惜しみなく使われた上着は誰よりもきらびやかだ。

「ヴァレリー様……？」

メルキオッドに誘われて来てくれたのかと驚いていると、ふっと彼が振り返った。

「あ……」

シルビアは硬質な空気に息を呑む。姿形は似ているのに、ヴァレリーから受ける印象とはまったく違う。まるで心の中を見透かすように冷徹に見つめ返され、シルビアは乱れた鼓動に驚いてとっさに胸を押さえた。

そこに立っていたのは、シルビアを暴漢から助け、上着を貸してくれた男だった。仮面をつけてなお美丈夫さが伝わるのか、彼の周りには美しい女性が集まり、恥じらいながらダンスホール中央へと誘っていた。

しかし、彼の視線はまっすぐシルビアに向けられ、逸らされる気配がない。

シルビアはひどく狼狽えて視線を剝《は》いだ。心臓が胸の奥で暴れ、息が上がる。ただ視線が合っただけなのに、会ったのはまだ二回目だというのに、自分がその男を妙に意識していることに気づかされた。

いったい、なぜ――。

視線を外してもなお見つめられているのがわかる。

シルビアはいっそう狼狽えて、ダンスホールに背を向けるとよろよろと歩き出した。ほとんど無意識に廊下へ出て、三つ奥のドア――家人用の控え室にたどり着く。

「そうだわ。上着をお返しして……でも、お返しすると」

会う口実がなくなってしまう――そう考える自分に仰天する。

「わ、私ったら、なにを考えてるの……？」

部屋の中央で立ち尽くしたシルビアは、背後から聞こえてきた音にはっと振り返る。そして、射すくめるように鋭く見つめながら部屋に入ってきた彼に息を呑んだ。

心臓の音がうるさい。

彼は押し黙るシルビアを見て眉根を寄せた。

「あ、あの……お、お名前を、うかがっても……？」

「私の名前？」

シルビアはあえぐように問う。彼の声質はヴァレリーに似ている。だが、彼よりやや低く、なまめかしい雰囲気だ。考えるように間をあけ、彼はゆっくりと歩を進めた。

「ここは仮面舞踏会。私は名を捨てた者だ」

「では、どうお呼びすれば」

「……どうしても名が必要というのなら……そうだな、ジョーカーとでも。君は？」

「え？　私？　私は……シーアと、お呼びください」

たとえ正体がわかっていてもあえて明かさないのが仮面舞踏会の流儀だ。互いの身分を捨てて重なる縁――ゆえにシルビアも、あえて本名を名乗ることなく自らを示す。すると男――ジョーカーは、喉の奥で空気を震わせるように笑い声をあげた。

「シーア。……いい名前だ」

名を呼ばれた。たったそれだけでどっと心臓が音をたて、シルビアはまたしても狼狽える。紅潮した頬を仮面がうまく隠してくれているか気になって仕方がない。

近づいて来る足音に動転し、上着を取ろうと背を向ける。

「またこんなドレスを着て……いけない人だ」

足音が止まると同時に首筋に息がかかり、シルビアは小さく悲鳴をあげて身をすくめた。背後から、シルビアを抱きしめるようにジョーカーが腕を伸ばす。確かにシルビアのドレスは以前に着たものとデザインが似ている。胸元と背中が大胆に開いたもので、今の流行の型だ。言い換えれば誰もがこぞって着ているものでもある。

「ジョーカー様？　ど、どうされたんですか……!?」

「以前に襲われたことを忘れたとでも？　それとも、本当はそれが望みで、私が邪魔をしてしまっただけなのか」

彼は暴漢からシルビアを救ってくれた男だ。今もぎらつくような情欲は感じず、言葉のわりには危機感を感じない。

だから彼の考えが読めず、よけいに混乱してしまう。

「は、放してください。なにをなさるんですか!?」

訴えとは逆にジョーカーの腕に力が込められ、背中が彼の胸に密着する。布越しに触れる広くて硬い体は、シルビアのささやかな抵抗など難なく封じてしまった。

彼の髪がシルビアの頬をかすめ、首筋に柔らかいものが押しつけられる。

「ん……っ」

「ほら、体は正直だ」

　唇を首筋に這わせたままジョーカーがささやく。低くかすれた声にぞくりとした。腰に回されていた彼の腕がするりと移動し、胸のすぐ下で止まる。白く染み一つない手袋をはめたその手を開けば、小ぶりなシルビアの胸など難なく包み込むことができるだろう。

「ジョーカー様……!!」

　シルビアは無意識にジョーカーの手を摑む。布越しに伝わってくる熱に驚いて手を放すと、含むような笑いが首筋に落ちた。

「本当は、こうなることを望んでいたのか？」

「ち、違います！　こ、こんな……っ」

　恩人だと思っていた男の豹変にシルビアは混乱のまま訴えていた。体をねじり、その腕から逃れようともがく。けれど、もがけばもがくほど互いの体がぴったりと重なって、シルビアを狼狽えさせた。

「ジョーカー様！」

　叫ぶと同時に首筋を嚙みつかれ、シルビアの体が跳ねる。次の瞬間、彼は手を放してシルビアを解放した。

弾む息を震わせながらシルビアはテーブルに両手をつき、すぐに体を反転させてジョーカーを見る。

目の前に立つ男は大きく一歩踏み出して、再びずいっと体を寄せてきた。

「忠告は聞くものだよ、シーア」

甘く響くささやきに、シルビアは大きく肩を震わせる。ジョーカーはシルビアの頬に手を添え、わずかに間をあけてからその指先を滑るように移動させた。頬から顎へ。顎から首筋、そして鎖骨へと。首飾りで進行を阻まれた指先は、シルビアの肌をくすぐるように首飾りにそってさらに下へ――。

「ん……っ」

吐息とともに胸が震える。その直後、ジョーカーはあっさりと手を引き踵を返した。

「そのドレスは刺激が強すぎる。美しいが、君にはもっと似合うドレスがある」

言い終わると彼は大股でドアに向かい、そのまま部屋から出て行ってしまった。

取り残されたシルビアはずるずるとその場に座り込み、暴れる心臓を必死でなだめた。

体の震えが収まらない。怖いという感覚とは違う。布越しだったのに触れられた場所が火傷したかのように熱を帯び、ひどく敏感になっていた。

シルビアは熱い息を吐き出してぎゅっと目を閉じた。

「し……心配を、してくださったんだわ。また私が嫌な目に遭わないように」

暴漢に襲われたときに忠告されたのに聞かなかった。だから、ああして態度で示してくれたのだろう。きっとそうに違いない。

それ以外の意図があるはずがない。

「そうね。そうだわ」

それなのに、この胸の高鳴りはどうしたことか。

シルビアはいっこうに収まらない鼓動に困惑しながら立ち上がり、よろよろと部屋を出てダンスホールに戻った。

ダンスホールはさらに人が増え、誰がどこにいるかもわからない。

しかし、そんな状況にもかかわらず、ほんの数秒でジョーカーがダンスホールの中央で美しい女性とダンスを楽しんでいる姿を見つけてしまった。手を取られている女性の頬は上気し、仮面の上からでもその瞳がうっとりと潤んでいることが想像できる。それどころか、完璧なリードのもと繰り広げられるダンスに誰もが見惚れていた。

「ジョーカー様」

ただの傍観者《ぼうかん》になりはてたシルビアは、華やかな空間と、彼に集まる羨望の眼差しを見つめていた。

さっきまで触れ合うほど近くにいた男は、今は誰よりも遠い場所にいた。

舞踏会が終わっても気が晴れなかった。

マリーに手伝ってもらいながら湯船に沈み、湯に浮かぶ香油《こうゆ》をぼんやりと眺めていると溜息が漏れた。

ジョーカーはあれから五人の女性の手を取った。彼が注目されたのは、ダンスが苦手な女性ですら優雅に踊らせてしまう技術と、女性に対する無言の配慮だった。

あれでは女性が放っておくはずがない。

シルビアは、ダンスに誘われるたび断っていたジョーカーが、結局最後にはダンスホールの中央に引っぱり出されるのを見て苛々《いらいら》している自分に気づいた。

仮面舞踏会が終わってから声をかけようとしたが、彼を見つけることができなかった。

シルビアは両手で湯をすくう。零《こぼ》れる芳香に溜息が混じった。

「お嬢様？　長湯は体に毒ですよ」

ジョーカーが触れた場所を指でたどっていたシルビアは、マリーの言葉にはっとわれに返った。

「どうかされましたか？　ご気分でも？」

「……悪くはないわ。ちょっと……たぶん、疲れてしまっただけ」

彼の体が触れた背中が火照るのも、腕が回された腰のあたりが熱いのも、手が包んだ頬が熱を帯びるのも、すべて気のせいだ。

「疲れたんですか？　でもお嬢様、今日は一度も踊ってらっしゃらなかったですよね。おしゃべりも上の空って感じでしたし……あ、お一人、ダンスが飛び抜けてお上手な方がいらっしゃいましたよね。黒髪の背の高い方！　今度、声をかけてみてはいかがですか？」

タオルを準備しながらのマリーの提案に、シルビアはぎくりと肩を震わせた。

「わ、私から？」

「はい。その方、自分から誘わないようなので。ああ！　私も声をかけたら一曲お相手くださらないかなあ。あんなにお上手なら、私もうまく踊れる気がするんです！」

タオルを抱きしめくるくると回り出したマリーは、すぐに壁に突っ込んで尻餅をついた。額をぶつけたのか、右手で何度か皮膚をこすりながらも立ち上がる。

「マリー、大丈夫？」

「こういうときでも、きっと格好良く助けてくれるんじゃないかと……でも、難しいのかなあ。あの人、あまりおしゃべりは得意そうじゃなかったし」

「……詳しいのね」

「はい。気になったので、こっそりそばで聞き耳を立てていました」

けろりと返ってきた言葉にめまいを覚えた。ジャルハラール家の侍女が、あまりにもはしたない。すぐにその思いはマリーに伝わったのか、彼女は肩をすぼめた。

「すみません、もうしません。不思議な雰囲気の方だったから気になったんです。身なりは貴族なのに偉ぶった感じがなくて……旦那様がお招きした方にしては、いつもと毛色が違うなって思って」

マリーの言葉を聞いて一番に思い浮かんだのがジョーカーの姿だった。事実、彼女が言っているのは彼のことなのだろう。シルビアが立ち上がるとマリーがタオルを広げてその体を包み込んだ。

「ね、ねえマリー。今夜みたいなドレスは着るなと言ってくださった方がいるの。刺激が強すぎるって」

「……でもあれ、流行ですよ？」

「華やかで色っぽくて……男の人は喜ぶドレスよね」

一部では下品だと嫌う女性もいるし、考えの固い男性にも歓迎されない。だが、仮面舞踏会は刺激を求め、むしろそうしたドレスを歓迎する風潮さえあった。

「……それなのに、私には早いって言われたの」

「確かに、お嬢様にはちょっと早いかも……」

ちらりと胸元を見られ、シルビアは赤くなる。

「ちゃ、ちゃんと成長してるわよ!?　ちょっとだけだけど！」

詰め物がなくても、胸とわかるくらいには大きくなった。全体的に細いシルビアにとって、それは目覚ましい成長でもあったのだが――しかし、舞踏会のドレスは毎回頭を悩ませているのも事実だ。

「次は、違う形のドレスにしようかと思ってるの」

真っ赤になって訴える。きょとんと目を瞬いたマリーは、唐突ににっこりと微笑んだ。

「承知しました、お嬢様」

それから不敵ににんまりと口を歪めて。

「その方に、気に入っていただけるといいですね」

顔を上げることさえできないシルビアに向け、意味深に言葉を続けた。

◆　◇　◆

朝起きて一番にするのは、手早く身支度を整え、隣室の主人を起こすことだった。

家族を失ってしばらくは眠りが浅く、ようやく眠れたと思った次の瞬間には全身を汗でぐっしょりと濡らし飛び起きていた。悪夢にうなされた日々を考えれば、今の眠りはとても健全なものと言えるだろう。

床《とこ》につけば泥のように眠り、朝は小鳥のさえずりとともに起床する。たまに悪夢を見るのかひどくうなされることもあるが、それでも穏やかな朝を迎えることができていた。

ただし、今日は違っていた。

「……頭が重い」

ヴァレリーはベッドから下りるなり窓の外を見た。防犯を考えて鎧戸を閉めることが一般的だが、ヴァレリーはそれを好まない。日の光を浴びて起きるのは、昔からの習慣だったのだ。今日もその習慣に倣《なら》って窓の外を覗き眠い目をこすった。

洗面器にくみ置きしてあった水で顔を洗い、服を着替えて一階に下りる。そして、夜半に書き上げた書状の配達を頼んでから食事の支度をするよう伝え、朝一番にくんだ水を持ってメルキオッドの部屋に行く。ノックをすると、珍しくすぐに返事が聞こえた。

「おはようございます、メルキオッド様」

「おはよう、ヴァレリー。どうしたんだ、今日はずいぶんとゆっくりだね」

椅子に腰かけ優雅に新聞を読んでいたメルキオッドに言われ、ヴァレリーは壁掛け時計を見て声をあげた。朝の九時――いつもより二時間も遅い。どうりで料理長が怪訝な顔をしたはずだ。陽も、いつもよりずっと高い。起き抜けの頭ではそんなことにも気づけなかったらしい。

「申し訳ありません」

「……いいよ。昨日の君は大活躍だった。女性とのダンスは気を遣うものだ」

からかう声になにも返せず、ヴァレリーは目を伏せる。大失態だ。雇われて一ヶ月――気がゆるむ時期とはいえ、あまりにあからさますぎる。

なかなか眠りにつけず教団に嘆願書を書いていたのが第一の原因だろう。

その原因は、ネイビーの娘シルビアだった。

母や妹と同じ目に遭わせてやろうと近づいたのに、結局なにもできずに別れてしまった。

これでは計画とまるで違う。嫌がる彼女を組み敷いてでも関係を持とうと思った。そのために彼女を追ってダンスホールから抜け出したにもかかわらず、怯える彼女を見たら心が揺れ、せっかくのチャンスを棒にふってしまったのだ。

そのうえ、ダンスホールに戻ったあとは誘われるままダンスまでして。

「……俺は一体なにをしてるんだ」

「まったくだ。水差しを持って突っ立っていられても困るんだけどな」

呆れ声にはっとして、ヴァレリーは慌てて洗面器に水をそそいだ。メルキオッドが顔を洗っているあいだにタオルを用意し、軽食が運ばれると彼に言われて一緒にとる。着替えを準備し今日の予定を確認しているところで、

「君も着替えたまえ」

唐突に命じられて体がこわばった。

「着替えろって……まさか、またジャルハラール邸に行く気ですか？」

「うん。……今回は僕の用事ではないんだけどね」

「では、誰の？」

「内緒。僕は意外といいやつなんだ」

「……本当の善人は、自分からそんな申告はしないと思いますが」

思わずそう返すとメルキオッドは含み笑いに肩を震わせ、早く着替えるようにうながしてきた。躊躇いがヴァレリーの動きを鈍くする。しかし、これもチャンスなのではないかと思えてきた。昨日の失態を取り戻すため、目的を遂行するための好機。それをメルキオッドが与えてくれているのかもしれない。

屋敷へ行くたび、シルビアに会う機会が増える。復讐《ふくしゅう》のチャンスが増えるのだ。

ヴァレリーは一つ溜息をつくとボタンに手をかけた。

メルキオッドが所有する屋敷から十五分ほど馬車に揺られた先にジャルハラール邸がある。もう何度も行っているので慣れた道だ。門をくぐってしばらくすれば宮殿のような白亜の建物が見える。今日も当然その光景が一番に見られると思っていた。

しかし、ヴァレリーの視線を奪ったのは見慣れた建物ではなく、巨木に立てかけられた木のはしごであり、そこにしがみついているシルビアの姿だった。

驚愕する、なんて言葉では足りない。木の枝に必死で手を伸ばしている彼女は、はしごが大きく傾いていることに気づいていないようだった。

ぞっと背筋が冷えた。ヴァレリーは反射的にドアに手をかけ、押し開くなり走っている馬車から飛び降りていた。

はしごがさらに傾く。そしてとうとう、巨木に引っかかっていたはしごがはずれ、枝をへし折りながら倒れていった。

悲鳴が耳底を揺らす。

重なるように聞こえてきた馬のいななきとメルキオッドの声を無視し、空中に放り出された少女めがけてまっすぐ走った。手を伸ばす。地面すれすれで少女の体を抱き込んで、そのまま落ちてきた木の枝やはしごから守るように体を丸めて地面を転がった。

ぱらぱらと葉が落ちる。

「なにを考えてるんだ！　そんな格好ではしごを登ればどうなるか考えろ！」

ヴァレリーはそう怒鳴りつけ、腕の中の少女が顔を上げたのを見て息を呑んだ。白い肌は血の気がなく、緑の瞳は怯えの色をにじませる。けれどそれが、次の瞬間には安堵とともにくしゃりと崩れていった。シルビアの頬に血の気が戻る。頬を薔薇色に上気させた彼女の目は涙で潤み、純粋な感謝の念と好意が表われた。

「も、申し訳ありません。ありがとうございます」

そう告げる彼女はあまりに可憐だった。ぐらりと理性がかしぐ音を聞いた気がし、ヴァレリーは困惑に顔を歪めて彼女から離れた。

「ど……怒鳴りつけて、すみません。お怪我は？」

尋ねると彼女は上体をひねるようにして自分の体を確認しはじめた。ドレスは汚れてしまったが、幸いひどい怪我は負っていないらしい。

「大丈夫です」

そう返ってきてほっとしたヴァレリーは、すぐに渋面になった。これからおとしめよう

としている娘がどうなろうと関係ないはずだ。だいたい、助けずに放置しておけばネイビーが苦しむ状況ができあがったかもしれないのに。

「ヴァレリー様？」

「……無事なら、それで……いいです」

なんとかそう返して顔をそむけると、シルビアは嬉しそうに微笑んだあと、小さく驚きの声をあげた。

「怪我をされています」

言われてようやく気づく。枝でひっかいたのか手の甲に血の跡があった。血を舐め取って傷口を確認し、傷の浅さに小さく息をつく。

「たいしたことはないようです。……なにか？」

顔を上げると、シルクのハンカチを手にしたシルビアが真っ赤になったまま硬直している姿が見えた。

「い、……いえ、あの、治療を……」

「その程度なら治療にはおよびませんよ、シルビア。彼は田舎生まれの田舎育ちです。日々野生の動物を追いかけ回し、生傷は勲章だったんですから」

馬車を降りて駆けつけたメルキオッドがオロオロしているシルビアにそう声をかけた。

野生の馬は足腰が強く、飼い慣らせば農耕馬としていい値がつくため立派な収入源である。不作の年などは友人たちにせがまれ馬を捕まえることもあった。ヴァレリーにとって、野山を駆けまわるのは仕事といっても過言ではなかった。

しかし、メルキオッドに指摘されると田舎者と言われた気がして釈然《しゃくぜん》としない。

ヴァレリーがじろりと睨むと、メルキオッドは優雅に肩をすくめた。

「それより、どうしてはしごを？」

メルキオッドの質問にシルビアがもじもじと巨木を見上げる。その視線の先をたどったヴァレリーは、すぐに彼女が言わんとすることを察した。先刻彼女が手を伸ばした枝の途中に古ぼけた箱が固定されている。やや傾いたそれは、鳥用の巣箱だ。

「毎年、子育てをする夫婦がいるんです。だから、今のうちに直しておこうと思って」

「……使用人に任せればいいのに」

「私が好きでしていることだから」

呆れるメルキオッドにシルビアはそう返し、すぐに赤くなってうつむいた。

「こ、こんなことなら頼めばよかったですね」

雑務をこなす使用人なり下男は多くいる。慣れない者が慣れないことをして大怪我をするくらいなら、そうした者たちに頼むのが賢明だ。シルビアが怪我をすれば彼らが咎められる可能性も出てくる。彼女の行動は軽率なものと言えた。

　ヴァレリーはちらりとメルキオッドを見た。すると彼は、仕方がないと言わんばかりに肩をすくめる。ヴァレリーは立ち上がるなりはしごを大木に立てかけ、何度か足場を確認し、体重をかけても問題ないと判断すると足をのせた。

「ヴァレリー様、なにを……？」

「いいからいいから。ヴァレリー、下押さえておくよ」

「お願いします」

　別に必要ないと思ったが、せっかくの好意なので甘えておくことにする。メルキオッドがはしごを押さえるのを確認してからヴァレリーは一気に一番上まで登った。はしごの上までと言っても、巨木からすれば半分も登っていない場所である。それでも見晴らしは恐ろしくよく、渡る風に笑みがこぼれていた。

　今はなきバスク家の屋敷の脇にはのっぽの広葉樹があった。そこに登ったときのような既視感に胸が詰まる。あのときは雛鳥が巣から落ちたとサルシャが大泣きし、かわいい妹のために必死で木に登ったのだ。そう、あのときと同じ。ヴァレリーは枝に手を伸ばし、巣箱に手をかける。ふいに強い風が吹いて雛鳥を巣箱に返したとたんバランスを崩し、ヴァレリーはそのまま真っ逆さまに、地上へ――。

「ヴァレリー様！」

悲鳴のような声が聞こえ、われに返る。目を瞬くとそこには傾いた木箱があって、自分が異様なほど――はしごから落ちそうなほど身を乗り出していることに気づいた。

とっさに左手を木の幹に添え、右手で木箱をまっすぐ枝の上にのせる。一瞬無意識に雛鳥を探したヴァレリーは、その光景がもうどこにもないことを改めて知らされた。

雛鳥を心配する妹も、呆れて笑っている両親も、すべて過去のものだ。

今は記憶の中にしかいない。

打ちひしがれて地上に戻ると、どこから聞きつけたのかネイビーが髪を乱して駆けてきた。彼は、愛娘を一目見てさっと顔色を変える。

「怪我はないか？」

「大丈夫よ、お父様。ヴァレリー様が助けてくださったの」

シルビアの一言にネイビーの表情が一変する。いつもメルキオッドの付き人程度にしかヴァレリーを見ていなかった彼が、ようやくまっすぐに視線を向けてきたのだ。その表情から感謝の念が読み取れる。それゆえ、ヴァレリーの心の奥が冷えていく。

幾度となく繰り返してきた疑問がゆるりと首をもたげた。

――なぜ、自分の家族に向けるその慈悲の、ほんのわずかでも母と妹に向けてくれなかったのか。一欠片の理性と常識があれば、姦通の罪など犯さなかったのではないか。

「ありがとう、ヴァレリー。君は恩人だ」

「……いいえ。当然のことをしたまでです。シルビア様にお怪我がなくてよかった」

答えながら怒りと絶望が揺さぶり起こされるのを感じていた。そんなヴァレリーには気づくことなく、ネイビーは幼子にするようにシルビアの髪を撫でる。

「なにを失っても惜しくはないが、娘だけは別だ。私の楽しみはもはやシルビアだけといってもいいくらいに」

「お、大げさです、お父様」

シルビアは頬を染める。そんな娘を見てネイビーは愛おしげに目尻を下げた。あふれんばかりの愛情を、ネイビーは愛人以上に実の娘にそそいでいるらしい。

迷いを振り切るにはその事実だけで充分だった。

生きる糧を失ったあと、ネイビーがどうなるか——ヴァレリーは、絶望に打ちのめされるネイビーの姿だけを己の胸に刻み込んだ。

◇

◆

◇

「あら、かわいらしいドレスだこと」

定期的に行われる仮面舞踏会で、父の愛人であるカーラは、シルビアをちらりと見て鼻を鳴らした。この場合の〝かわいらしい〟は決して褒め言葉ではない。誰もが大胆なドレスを身にまとう中、シルビアだけが大きなリボンをあしらい、肌の露出を極力控えたドレスをまとっているのだ。浮いて見えるのは否めなかった。

シルビアの頬に朱が差す。

なにも言い返せずうつむくと、カーラはゆったりとした歩調でダンスホールの中央へと歩いていった。その間、幾人もの男たちに声をかけられていた。彼女が〝ジャルハラール伯爵の愛人〟であることは、仮面をつけていても周知の事実である。しかし、こうした場の駆け引きは華やかで、カーラ自身も楽しんでいるようだった。

「嫌味ですねえ、相変わらず。心にもないこと言って、感じが悪いんだから！」

こそこそと近寄ってきた侍女のマリーがイーッと歯を剝き出しにして反発する。苦笑すると、壁を飾る絵のように立ち尽くしていたリズもしずしずと近づいてきた。

「似合っていますよ、お嬢様」

「そうですよ！　女性は好きな相手のために着飾るのが正しい姿です！　だから、周りがなんと言おうとお嬢様が意中の方の好みのドレスを着るのは正しいんです！」

「意中の人？　ヴァレリー様ですか？」

「どうしてヴァレリー様なんですか⁉　お嬢様がお好きなのは別の人ですよ！　お嬢様を独り占めしたくて露出度低めのドレスを着るよう言ってきた御仁《ごじん》ですよね⁉」

予想外の侍女たちの会話にシルビアがぎょっとする。

「な、なにを言ってるの⁉」

「隠してもわかります。流行を追わないのは、追う必要がなくなった証拠ですから」

「ち、違うわよ⁉　別に、ジョーカー様のためってわけじゃ……」

「ジョーカー様って言うんですね⁉」

マリーに問われ、シルビアは真っ赤になった。なんだかとんでもない失態を演じている気分になってくる。

「……お嬢様がお好きなのは、ヴァレリー様ではないんですか？」

「ど、どうして、そうなるの……⁉」

追い打ちをかけるようなリズの問いにシルビアが戸惑う。

「いつも熱心に見てらっしゃるからてっきり……今日の昼間だって、巣箱を直していただいてからは、ずっとヴァレリー様を見ていらっしゃいました」

「それは……お怪我を、されてるんじゃないかと思って……」

　巣箱の位置を直したあと、古いからそろそろ新しくした方がいいと細かく指示をくれた。だから話をしたし目でその姿を追うこともあったが、まさかそれだけで勘違いされてしまうとは思ってもみなかった。

「ヴァレリー様って、メルキオッド様の付き人なんですっけ？　お嬢様のお相手としては難しいんじゃ……」

「だから、違うの。……怪我が、気になったのよ」

「だったらジョーカー様ですか？　こちらが本命なんですね⁉」

「そ、そういうわけじゃ……」

　興味津々なマリーの問いにシルビアは口ごもる。確かに気になる相手ではあるのだ。刻々と人の増えていくダンスホールを困惑の眼差しで見つめていたシルビアは、気づけばジョーカーの姿を捜してしまっていた。しかし、見つけたのはメルキオッドである。

「……メルキオッド様がいらっしゃるってことは、ヴァレリー様も……あっ」

　視界に飛び込んできたのはジョーカーだった。ダンスホールに入ると同時に彼の周りに美しい婦人が集まり、あっという間に取り囲まれてしまう。

「……ジョーカー様」

「え？　あの人だかりにいるのが？　って、あの方、ダンスの上手な方じゃないですか！」

シルビアの視線を追ったマリーが目ざとくジョーカーを認めて声をあげる。そして、上体を倒し、ふっと眉根を寄せた。

「……あの人、ヴァレリー様に似てませんか？」

「お嬢様はああいう男性がタイプってことですか？」

マリーの一言にリズが鋭く言葉を返す。

「黒髪に鳶色の瞳ってことは、東方出身の方ですよね。じゃあお嬢様は東方の男性が好みなんですか？　んー、東かー。東方出身の男性は結婚すると奥さん大事にするって言いますよねえ。奥手だけど情熱的って」

「西方の男は軽くて社交的って？」

「恋を楽しみたいなら西、結婚するなら東ってやつですね」

「それなら僕は恋人ってことかな。結婚相手としても、なかなかおすすめだと思うけど」

侍女たちの会話を聞きながらジョーカーを見ていたシルビアは、聞こえてきたメルキオッドの声に慌てた。先客と挨拶を交わしていたはずなのに、さっさとダンスホールの奥へやってきてしまったらしい。

「かわいらしいお嬢さんがた、だまされたと思って僕と付き合ってみるかい？」

メルキオッドの質問に、リズは柳眉《りゅうび》をつり上げ、マリーは「きゃっ」と声をあげて両手で頬を挟んで照れたように体をくねらせた。

「お断りです。遊ばれて捨てられて、私生児を一人で育てるなんてまっぴら」

「こ……これは、手厳しい」

実際問題、そうして解雇される娘は多い。愛人になる侍女もいるが大半はまとまった金を渡され捨てられるので、辛辣《しんらつ》なリズの言葉にも妙な重みが加わっていた。歴史的に姦淫が罪とされたのはそんな背景があったからでもある。苦笑したメルキオッドは、呆気にとられるシルビアに、取り繕うように肩をすくめてみせる。

「そんな、不誠実な男ではないんですが」

遠ざかる侍女たちの背を目で追ってそう告げ、肩越しに振り返った。

「シルビアも彼が気になりますか？」

「ジョーカー様をご存じなんですか!?」

弾かれたように問うと、メルキオッドがぱちぱちと目を瞬いた。

「知っているというか……ええっと。はい、知ってます。……彼はあなたにジョーカーと名乗ったんですか？」

「はい。……あ。あの、私も、ここでは〝シーア〟と……」

本名を呼ばれてしまったので今さらな気もしたが、それでもシルビアがそう訴える。するとメルキオッドは軽い調子でうなずいた。

「あいつ、ダンスが上手でしょう？　妹が恐ろしく運動音痴で、パーティで恥をかかないように何度も練習台にさせられて、おかげでだいたいの女性とは完璧に踊ってしまえるようになったんです。あれも立派に武器なんですが、彼はそれをあまり好ましく思っていない。宝の持ち腐れですね」

「お詳しいんですね」

「……東に滞在していたとき、彼の家族にはよくしていただきましたから」

奇妙な沈黙が降りてきて、シルビアはちらりとメルキオッドを見上げた。メルキオッドがジョーカーを知っているということは、ヴァレリーも知っているのだろうか。同じ東の出身なら友人という線もあり得る。もしかしたら親類である可能性も。

女性に囲まれ、少し困ったように微笑むジョーカーを見ているとなんだか急に切なくなってきた。あの一角だけ別世界のようだ。

ぎゅっと唇を噛みしめると軽く背中を叩かれた。

「この仮面舞踏会の主役はあなたですよ、シーア。彼はきっとあなたを引き立てる」

戸惑うシルビアは、メルキオッドにもう一度背を押され、よろめきながら足を踏み出した。一歩一歩とジョーカーに近づくと、歓談する人々が自然と割れて道ができ、まっすぐにジョーカーにつながった。

視線が集まるのを感じて鼓動が速くなる。

のろのろと歩を進め、ジョーカーの前で立ち止まってそっと息を吸い込んだ。

「わ、私と一曲踊っていただけませんか？」

自分からダンスに誘うのははじめてだった。緊張で声は裏返り、手に嫌な汗をかいてしまう。ふいにめまいに襲われて目を閉じると、大気が揺らめき、手を取られた。

「……喜んで」

静かな声が自分と同じように緊張に震えている——そう聞こえたのは気のせいだったのか。シルビアはジョーカーに導かれるままダンスホールの中央に移動した。

真っ白な手袋に包まれた手が軽くシルビアを抱き寄せ、腰に添えられる。

それだけで鼓動がはねて顔が上げられなくなってしまった。

「もっと近くに」

耳元でささやかれ、腰に添えた手に力がこもった。軽快な音楽から一転、しっとりとした曲があたりを包むと、誰も彼もが体を寄せ合うように踊り出す。

これはただのダンスだ。社交であり、それ以外の意味はない。

そう思っているのに曲調とは裏腹に鼓動ばかりが速くなる。かすめるように首筋に口づけられ、甘やかな吐息を吐き出したシルビアは、慌てたように口をつぐんだ。

「ジョーカー様」

顔を伏せたまま呼びかけると重ねた指先がしっとりと絡んできた。腰に添えられた手にさらに力が加わり体が密着する。耳たぶに熱い息がかかると頭がくらくらし、息が弾んでしまった。

恥ずかしい。けれど、決して嫌ではない。

曲が終わりにさしかかると寂しさを覚え、シルビアは戸惑った。もう一曲踊りたい。けれど誘えずにいると、ジョーカーは一礼してあっさり去っていってしまった。

シルビアは遠ざかるジョーカーの背中を呆然と見送った。

きゅっと唇を噛んだときジョーカーが立ち止まった。彼は振り返り、誘うようにシルビアを見てから廊下に向かって歩き出す。

数歩歩いて立ち止まった彼は、もう一度ちらりとシルビアを見た。

呼ばれている。そう気づいてジョーカーのあとを追うように廊下に出て、彼が三つ目の控え室に消えたのを見て慌ててそこへ向かった。

ドアを開ける。直後に手首を摑まれ、部屋の中に引きずり込まれた。

「きゃ……ん……っ」

ジョーカーの唇が、シルビアの悲鳴を乱暴に吸い取った。

舌がなんの躊躇いもなくシルビアの口の中に入ってきた。驚いてとっさに歯をあてたが、傷つけることなどそう簡単にできるはずもない。躊躇っていると背中が閉じたドアに強く押しつけられ、口づけが深くなった。

「ふ、ん……んん……っ」

舌をこすられ肌が粟立つ。とっさに舌を引っ込めると歯列をなぞられ上顎をぞろりと舐め上げられた。目尻に涙が浮かぶ。ジョーカーの体がぴったりと押し付けられ、押し戻そうと混乱しているときに舌を絡められて濡れた音が響いた。

「キスの仕方はわかるか？」

「し、知りません……!!」

シルビアは、唇を触れあわせたままの質問に真っ赤になった。キスの仕方どころか、いつ息を吸っていいのかもわからない。あえぐように答える彼女にジョーカーは熱っぽい視線を向けて甘く微笑んだ。

「絡めて」

なにを、と問う前に唇が深く重なる。駆け引きを楽しむように自在に動く舌先がシルビアの舌をすりあげ、違和感をぞくぞくとした快楽に変える。自分の体にこれほど敏感な部分があるなど信じられない。戸惑いと混乱に逃げ惑う舌をジョーカーは器用に絡め取り刺激する。柔らかく吸われて体の奥が妖しく熱を帯び、足ががくがくと震えた。

こんなことは、知らない。

家族と交わす親愛のキス以外経験がないのだ。

体の芯がとろけてしまいそうな口づけに息が上がり、ゆるやかに動く彼の喉に羞恥と恍惚を覚え、とても立っていられなかった。

たった二度の口づけで、シルビアはその場にずるずると座り込んでしまった。

「ど……どうして、こんなことをするんですか……？」

膝を折って視線を合わせてきたジョーカーに、シルビアは精一杯の抗議の声をあげる。だがそれも甘えるように鼻にかかり、近づいてくる彼を止めることはできなかった。

唇が再び重なり口腔を思うさま蹂躙《じゅうりん》される。体の芯を焼くような強烈な快楽に、シルビアはされるがままあえいだ。

シルビアがこくりと小さく喉を鳴らすと、彼はようやく唇を離した。

「どうしてだと思う？」

そう問い返すジョーカーの声に棘《とげ》が混じる。濡れた唇が笑みの形に引きつって、背筋がぞっと冷えた。シルビアが身をよじると、なんの前触れもなく彼の手がシルビアの胸に触れてきた。いまだ青く、成熟にはほど遠い体。ジョーカーの大きな手に易々と隠れてしまう乳房に赤くなる。しかし彼は、そんなシルビアに気づかないらしい。さするように触れたあと、身を乗り出し、唇で布越しに胸の突起をさぐりはじめた。

「ん……っ」

生地を隔てて感じる熱い息と密やかな刺激。背中に手が回され、胸を突き出すような体勢にされ羞恥に身もだえた。直接触れられたわけでもないのに声が漏れてしまう。

「ジョーカー様、や、やめてください……こんな……」

暴漢に襲われたときは怖くて必死で逃げようとした。それなのに今は、触れられることが気持ちいいとさえ思えてしまう。

キスを、求めてしまいそうになる。

と、ふいに体の締め付けがなくなり、彼の手がシルビアの背中に回っていた理由に気づく。彼は片手で器用にリボンをほどき、シルビアのドレスをくつろげていたのだ。衣擦れの音とともにドレスがずり落ち、ささやかな胸があらわになる。髪はきれいに結い上げられ首飾りもつけたままだ。その姿はひどく倒錯《とうさく》的だった。

「い、やあ……!!」

恥ずかしい。控えめな胸の膨らみと、淡く色づき精一杯存在を主張する乳首を、体をひねって隠そうとした。けれど、それはあっさりとジョーカーに封じられてしまう。

「どうして隠すんだ？」

「だって、そんな」

「――こんなにも、美しいものを」

うっとりとささやいた唇が、胸の突起に触れる。その強烈な刺激にシルビアは体をのけぞらせ、声にならない悲鳴をあげた。愛撫《あいぶ》をねだるように突き出された乳首を舌で優しく転がされ、抵抗することも忘れて身もだえる。

「あ……だめです、ジョーカー様……!!」

背に回った手が素肌を滑る。それだけでぞくぞくした。

「敏感なんだな」

乳首を口に含んだままささやかれ、シルビアはびくりと体を揺らした。反論は、さするように胸を愛撫されることであえぎ声に変わる。手にはいまだ手袋がはめられたままだ。布越しの刺激は強烈で、舌での愛撫はそれに追い打ちをかけた。

「ジョーカー様、だめ。お願い、もう……ぁ……っ」

硬くなった乳首を舌先で柔らかくつぶされ腰がはねた。手でもてあそばれていたもう片方の乳房に吸い付かれると、声を抑えることなどできなくなっていた。

触れてほしい。

もっともっとたくさんキスしてほしい。

シルビアのそんな願いに応えるように、ジョーカーは彼女の体を軽く抱き上げ、ゆっくりと床に横たえさせた。床の冷たさに背中がかすかに反ると、ジョーカーは小さく笑って突き出された乳房にキスをする。

「ん、……あ……そこは……」

「気持ちがいい？」

問いかける声が甘くかすれている。それを聞いただけで下肢がうずく。シルビアはその感覚に狼狽え、助けを求めるようにジョーカーを見た。

彼の瞳に映った自分は潤んだ目をしていた。誘うように開かれた唇、上気した肌、恥じらいの中に見える明確な欲望——互いに仮面をつけたままだというのに、心だけは不思議なくらい重なっている。求めているのはさらなる刺激だ。

「キスは好きか？」

「す……好き、です」

震えながら答えるとジョーカーはシルビアの唇に人差し指をあてた。戸惑ったシルビアが恐る恐る指先を舐めると、ジョーカーが目を細めゆっくりと覆いかぶさってきた。

「ふ、んん」

　唇が重なり、舌が絡みついてくる。シルビアが躊躇いがちに舌を伸ばすと彼の口腔に導かれ、口づけがさらに深くなる。角度を変え何度も口づけを繰り返され、シルビアは甘えるように鼻を鳴らしていた。胸をゆるゆると刺激していた手がいつの間にか下肢におり、長いドレスの裾を払ってその奥に忍び込んだ。

「ジョーカー様ぁ……っ」

　布越しの手が内股に触れる。シルビアの反応を楽しむように手が何度も上下に往復し、きわどい部分を器用によけてじれったい愛撫を繰り返す。

「んっ！　だめです、こんな……」

　体が熱くてたまらなかった。

　どうにかしてほしくてシルビアは無意識に腰をくねらせ、助けを求めるように彼の腕にすがりつく。

「この奥に触れてほしいのか？」

「そんな……ち、違います。いじわる、言わないでください」

「言ってごらん。どうしてほしい？　触れるだけでいいのか？　もっと奥にほしい？　私の指だけで満足できるかな？　それとも、もっともっと奥まで貫かれたいか？」

情欲にかすれる声で問われ、シルビアは首を横にふる。

ぼうっとかすむ視界に、密やかな笑みを浮かべるジョーカーの姿が入り込む。太ももを這っていた彼の手が膝の裏に回り、ぐいっと足を持ち上げる。

折り曲げられた足が胸を擦る。

「や……!!」

シルビアは羞恥に全身を赤く染める。薄い布に包まれた秘部——そこが、したたる蜜で濡れ、透けてしまっていたのだ。

「いやらしい眺めだ」

ジョーカーはくすくすと笑い、ベルトをはずす。長い指がズボンをくつろげるのを見てシルビアは頭《かぶり》をふった。

「あ、あ……だめです、そんな……やぁ」

不安に震え、そう訴えた——そのとき。

「シルビア？　大丈夫ですか、気分でも悪いんですか？」

ドアがノックされ、メルキオッドの声が控えめに聞こえてシルビアは頭から冷水を浴びせられたようにわれに返った。驚いたようにドアを見たジョーカーを、両手をつっぱって突き飛ばし、上体を起こす。そして、はらりと落ちたドレスに動転し、かき集めて胸を隠す。

心臓が口から飛び出しそうだった。

「だ、大丈夫です。もう、お、治まりました」

「そうですか？　侍女に水でも運ばせましょうか？」

「すぐにダンスホールに戻りますから、メルキオッド様は先に戻っていってください!!」

祈るような気持ちでドアに向かって叫ぶ。こんな姿を見られるわけにはいかない。こんなあられもない姿を——。

「……わかりました。なにかあったらすぐに呼んでください。駆けつけますから」

「は……はい。ありがとうございます」

がたがたと震えながらなんとかそう返し、遠ざかる足音を聞きながらうつむいた。

どうしようもない体の火照りは去ったけれど、情欲の名残《なごり》が体に残っている。熱くうずいていた場所は、恥ずかしくなるほど濡れていた。

メルキオッドの次に動いたのはジョーカーだった。尻餅をつくような格好で座っていた彼はすぐに立ち上がり、ドアとシルビアを交互に見て大仰に息をついた。そして、動くこともできずに体をこわばらせるシルビアの背後に回るとその肩に両手をのせ、愛撫の続きのように指を滑らせた。

シルビアはぞくりとして目を閉じる。

ぎゅっと体に力を込めた瞬間、指が驚いたように離れ、わずかに間をあけてから先刻解いたリボンを丁寧に結び直した。ジョーカーは、シルビアの身支度を終わらせると自分の服も整える。

彼の手を借りて立ち上がったが、座り込んでしまわないのが不思議なほど震えていた。

「……このドレスは、君によく似合っている」

ジョーカーはささやき、硬直するシルビアの首筋に唇を押し当てた。その感触に、体が一段と大きく震えてしまった。

「続きはまた今度」

毒を含む甘い声が耳に吹き込まれ、次に背中が押される。シルビアは抵抗することもできず、うながされるまま廊下に出た。

しかし、その日もダンスができる状態ではなく、早々に舞踏会を辞することになった。


「嫌いな人に触られたら、それはもう気持ち悪くて。一日中、気が滅入るんですよ」

夜、自室でそれとなくマリーに質問するとそう返ってきた。

「さ、触られても平気な相手って……たとえばどんな人？」

「平気なのは嫌いじゃない人ですね。嬉しいのは、好きな人」

「……好きな人」

言葉を反芻《はんすう》すると、自然と仮面をつけた男の顔が思い浮かんだ。

どきんと鼓動が跳ね頬が熱くなる。

「好き……？　だってそんな、会って間もない方に……」

嫌いでないことはわかる。触れられても嫌ではなく、むしろもっととせがんでしまうほどで——けれどそれが恋愛であるのかわからない。颯爽《さっそう》と助けてくれた姿を思い出すと今も胸がときめくが、それは憧れに近いものだと思っていたのだ。今の状況なら快楽に流されただけと考えるほうが妥当な気さえする。だったら以前に迫ってきた三人組でもいいのではないかとも考えたが、思い出しただけで不快になった。

では、メルキオッドではどうか。

「……思い浮かばないわ」

ぐるぐる考え込んでいたシルビアに、マリーがずいっと顔を寄せてきた。

「まさか、ジョーカー様になにか嬉しいことでもされちゃったんですか？」

「ち、ちちち違うわ！　そうじゃないわよ!?　ちょっと訊いてみたかったの！　だ、だって……だって、ダンスのときにはみんな手をつなぐのよ!?　体だって、あんなにくっついてるんだから！　嫌な人のときはどうするのかなって思ったの！」

いい言い訳が出てきたと内心で拍手喝采《かっさい》していると、マリーはなおもにやりと口元をゆがめた。

「そういうお相手なら疲れたとか言って断っちゃうのが常套《じょうとう》手段ですけどねー。……知ってますか、お嬢様。好意を持ってる相手とダンスすると、親密度が上がっちゃうらしいですよ。体と体の接触って、お嬢様が思ってる以上に心に影響するんです」

「し……親密度……」

「マリー、お嬢様はお休みの時間よ！　いつまでもそんな話に付き合わせないで！」

リズにとがめられ、マリーは首をすくめた。

「だいたい、ダンスごときでそんなに親密度が上がったら、みんなそこかしこでおかしなことになるでしょう！」

「体に触れるって結構有効なのに……こう、さりげなく触るだけでもいいみたいですよ」

「マリー!!」

マリーがシルビアの手をかすめるように撫でると、リズが即座に首根っこを摑んだ。

「舞踏会の後片付けがあるって忘れたの!?　ではお嬢様、おやすみなさいませ」

仮面舞踏会をおこなうときには専用の使用人を雇うが、たまにこうして屋敷の者がかり出される。リズの機嫌が悪いのは、遅れれば皆に迷惑がかかるためだろう。

明かりが消されると、シルビアはベッドに潜り込み目を閉じた。

しかし、眠りはいっこうに訪れない。それどころか仮面舞踏会の一件が生々しく思い出され、目がいっそう冴えてしまった。

「……好きな人」

暴漢から助けてくれたときは素敵な人だと思った。露出の多いドレスをとがめてくれたときは、いい人だと思った。

「す、好きな人だなんて、そんな」

否定をしてみたものの、控え室で交わした口づけは気持ちがよくてとろけてしまいそうだった。彼の唇が触れた場所、指先がたどった場所は今も熱を持ってうずいている。

「……ん……っ」

体の奥がじんじんする。彼の愛撫を受けてから、侍女たちに触れられることさえ拒絶してしまうほど、熱を求めてうずいている。

「ど、どうしたらいいの」

ほとんど泣きそうな気持ちでシルビアは体を起こした。とてもおとなしく横になっていられなかったのだ。なにか飲んだほうがいいのかと体を動かすと、うずいてたまらなかった場所がシーツでこすれ、甘やかな悲鳴が漏れた。

熱い。

「こんなの……、嘘」

否定したのに手が勝手に伸びていた。仮面舞踏会のとき、熱くてたまらなかった場所に。そこはすでに濡れそぼっていて、おそるおそる触れるシルビアのつたない指戯《しぎ》にすら震えた。

「いや。なに、これ。こんな……」

布越しに何度かこすりあげただけで目の前が真っ白になり、シルビアはたまらずベッドに崩れ落ちた。指は別の生き物になってしまったように薄い布越しに秘所を嬲《なぶ》り、切ないあえぎ声をあげさせる。

「ジョーカー様……っ」

名前を呼ぶと胸が苦しくなった。

一気に絶頂に押し上げられる体が、次の瞬間には底なしの沼に突き落とされたように重くなる。

体全体を淡く染め、シルビアはとろんとした眼差しを宙にただよわせ、すぐに意識を手放した。

再三のチャンスをものにできなかったヴァレリーは、仮面舞踏会の翌日、げっそりと疲れ果てていた。

◆
◇
◆

途中まではとても順調にいっていた。完璧だった。どうやって別室へおびき出そうか、まずそこから思い悩んでいたヴァレリーにとって、誘うままシルビアが自らやってきてくれたことは幸運以外の何物でもない。

それなのに結局は未遂である。彼女を抱くことはできなかったのだ。

あまつさえ、別室にこもって自らを慰めなければダンスホールにも帰れない有様だった。間抜けという言葉以外思い浮かばない。

「この右手が悪いのか？」

右手の甲についた怪我を、ヴァレリーは憎々しげに見つめる。手袋を取れば怪我が見られ、正体がばれてしまう可能性がある。シルビアがジョーカーの正体に気づいていないなら、いっそもっとも残酷な方法で正体をさらしてやろうと加虐的に考えたヴァレリーは、昨日、最大のチャンスに手袋をはめたままことに及んだ。

それが間違いだった。

行為に興奮はしたが、じかに触れたくてたまらず、結果として気が散ってしまった。そして、シルビアを抱く前に邪魔が入った。

「この、右手が」

「なんだ？　どうかしたのか？」

執務室で書類の束と睨めっこをしていたヴァレリーが、前触れもなく妙な発言とともに右手を睨みつけたのである。メルキオッドは書物から視線を外し、怪訝そうな顔をした。

ヴァレリーは手の甲をメルキオッドに見せた。

「メルキオッド様、傷によく効く薬を知りませんか？」

「そんなもの、舐めておけば治るだろ」

「舐め……」

瞬時に思い出してしまった。舌を這わせるたび身もだえるシルビアの姿を。白い肌を淡く上気させ、誘うように身をくねらせる——その、めまいを覚えそうなほど強烈な色香。抱きたいと思った。もっと気持ちよくあえがせてやりたい、と。

そこまで考えたヴァレリーは、テーブルに思い切り額を打ち付けていた。

「な、なんだ!?　今度はどうした!?」

驚倒するメルキオッドにヴァレリーは首を横にふってみせた。

「お構いなく」

「構うわ！　なんなんださっきから！」

「俺にもいろいろあるんです」

きっぱり言ったが、胡乱《うろん》な目を向けられてしまった。眠る直前までシルビアのことばかり考えていたというのに、起きてからも彼女の姿が脳裏にちらつく。まるで熱病だ。いまだ硬い体を押し開いていたら、こんな欲求は抱かずにすんだだろう。

あるいは、もっと効果的な時期を見計らったほうがいいのかもしれない。例えば妹がされたように、結婚を間近に控え、身も心も愛する男に捧げようと思ったときに。

ヴァレリーの唇が弧を描く。この上ない妙案だ。

「……ヴァレリー、一つ質問をいいかな？」

「なんですか」

仕事に戻ろうと書類の束を引き寄せると、メルキオッドが口を開いた。

「昨日、控え室でシルビアとなにをしてたんだ？」

ごふっと喉が変な音をたてた。吸った息がおかしな場所に入ったらしい。ごほごほと咳き込み、ヴァレリーは涙のたまった目をメルキオッドに向けた。

「気づいてないと思ってたなら考えが甘い。あの建物が大理石であることを忘れたのか？　君たちの声は、なかなか景気よく廊下に響いてたんだ。いつ誰が来るともしれない場所で、僕は友人の痴態を人々にさらさないよう細心の注意を払って見張っていたわけだが」

「……す……す、みま、せ……っ」

いたたまれないとはまさにこのことで、ヴァレリーは言い訳もできずに項垂《うなだ》れた。

「まあ、それが僕の希望でもあったんだけど」

書類の束を机の奥へ押しやって、メルキオッドは実に楽しそうにヴァレリーを見た。その眼差しにたじろいで、ヴァレリーは視線をいったん机に落とし、すぐに戻した。

「僕にとって結婚は駒の一つだ。社会から信用を得るには結婚という手段は有効だ。だが、必ずしもそれがいい結果だけをもたらすとは限らない。逆に、独身という状況を利用できる局面というのも、世の中には確かに存在するんだ」

「……つまり……？」

「君が僕の友人なら、その友人がジャルハラール伯爵の愛娘と結婚するっていう選択肢もありだなって思った。これでひとまずつながりはできるわけだしね。僕の結婚は後々の駒にとっておいて、今は恋を楽しむというのもいい経験になるのではないかと」

「け……結婚は、そもそもそういうものじゃないと思いますが」

「そういうものだよ。誰もが一世一代の博打《ばくち》に出る。……まあ、人によっては何度も博打を打つこともあるけど」

確かに結婚を賭博にたとえる人間は多いが、それにしても考えが荒《すさ》みすぎている。二十代前半で、結婚もこれからだというのにこんな発想とは。

「相手の女性が不憫でなりません」

「だからシルビアのような女性では引け目があってね。もっとしたたかに狡《ずる》い女性がいいな。僕の言葉になんか動じないくらいの」

はじめて聞く友人の恋愛観に呆気にとられたヴァレリーは、すぐに思い直したように身を乗り出した。

「俺は、別にシルビア様とはなんでもありません」

「……では、昨日は控え室でなにを？」

ぐっとヴァレリーは押し黙る。これでは言い訳ができるはずもない。なにも答えられずにいると、メルキオッドは得意げに鼻を鳴らした。

――だが、翌日の昼、意外なできごとがあった。

用事があると言って出かけたメルキオッドが、帰ってくるなり応接室で考え込んでしまったのだ。メルキオッドの家は貴族ではない。学生の頃から事業に心血をそそぎ、血《ち》眼《まなこ》になって情報を集め、それを生かす人脈を育て、天性の勘を生かしながらこつこつと働いてこの若さで男爵の地位を手に入れた努力家だ。人と人とのつながりの大切さを身にしみてわかっているので使用人たちの待遇にも充分すぎるほど配慮し、人望も厚い。ゆえに、彼が落ち込むと使用人たちまで仕事が手につかないほど心配してしまう。

「ヴァレリー、旦那様の様子を見てきておくれ！」

よって、友人であり片腕であるヴァレリーにこうした役が回ってくる。渋々とヴァレリーが応接室に入ると、メルキオッドがゆるゆると顔を上げた。

「ああ……なんだ、君か」

「……なにか問題でも？」

「いや。……ああ、ある。……今伝えたほうが、きっといいんだろうな」

奥歯に物が挟まったような物言いにヴァレリーが眉をひそめた。テーブルを挟んだ向かいのソファーに腰かけると、メルキオッドが指を組み、足に肘《ひじ》をのせた。しばらくそうしていたかと思うと、組んだ指に額をこすりつけた。

「厄介なことですか？」

「……ちょっと、教団施設に行ってたんだ」

「ミサですか？」

教団には反感を抱いている。信仰はするものの三年前の一件から気持ちが凪いだままで、自然、ヴァレリーの声は固くなった。それに気づき、メルキオッドも渋い顔になる。

「神司に呼ばれていたんだ。こっちは金貸しだ。会社は軌道にのって僕はときどき顔を出せば事足りるが、大口の顧客となると、僕が出向くこともやぶさかでない」

「大口の？　教団が？」

「……どんな組織でも大きくなりすぎればなんらかの軋轢《あつれき》が生まれるものだ。ましてや国から守られた組織——どうやら彼らは、賄賂《わいろ》をばらまいて、自分たちの地位を確立させることに躍起になってしまったらしいな。大幹部の幾人かは巨額の負債をかかえる結果となった」

めまいがするような内容に、ヴァレリーの体がぶるりと震えた。メルキオッドがわざわざ話すのならヴァレリーにも関係のあることなのだろう。教団がかかわりヴァレリーにも関係のあるできごとは一つ。バスク家が罪家となったあの一件だ。

「三年前から、とでも？」

「……もっと以前からだ。君の家もそのいざこざに巻き込まれ、今度は僕のところに泣きついてきた。すぐ返すから、少し金を貸してほしいいいいいいい、と。ふざけるにもほどがある」

メルキオッドは母と妹が自殺した原因までは知らずとも、バスク家が断絶した経緯は知っていた。だからこそ、その顔には怒りと軽蔑の表情が浮かんでいた。

「どうするんだ？」

「国税が流れるのは不本意だ。しかし、このままって訳にもいかない」

判断に迷うところなのだろう。メルキオッドはゆっくりと背もたれに上半身を預け、さらに深刻な顔でヴァレリーを見た。

「もう一つ、よくない知らせがあるんだ。今の君にとってはこちらの方が痛手になるかもしれない。……いいか、落ち着いて聞いてくれよ？」

もったいつけた言い方にヴァレリーが眉をひそめる。

「今さらなにが？」

「……シルビア嬢には想い人がいるらしい」

すぐに言葉が返せずに、ヴァレリーはメルキオッドを凝視した。

「単純に、彼女の気持ちを確かめようと思って尋ねただけなんだ。ほら、先に知っておけば、君を喜ばせるためになにか根回しできるんじゃないかと思って。だけど、シルビアが好きなのは君じゃないようなんだ。ああ、君が嫌いという訳じゃないよ。ほかに好きな男がいるってだけで……いや、意味はさほど変わらないか。とにかく彼女は、その彼に夢中らしくて今日も上の空だったんだ。相手のことを侍女に訊いたら、内緒ですって言ってはぐらかされてしまって……名前がわかれば、人となりを調べられるのに」

メルキオッドの言葉に、ヴァレリーはあえぐようにして息を吸い込み動揺を呑み下す。ついさっきまで抱いていた高揚が瞬く間に消え失せていく。

自分がどれほど混乱しているか、その事実からも目をそむけ、ヴァレリーはきわめて抑揚なく言葉を返した。

「俺には、関係ありません」

「関係なくはないだろう。控え室でのことは、一体なんだったんだ？　僕はちゃんと知ってるんだぞ。君がたとえ遊びだろうと、ああしたことをするような軽率な男でないことを。彼女は清楚《せいそ》なふりをして君を惑わせ……」

「俺と彼女はそういう関係ではありません」

「……ヴァレリー」

「違います」

恋であるはずがない。珍しい白銀の髪に目が奪われただけだ。雪のように白い肌に触れてみたいと思っただけだ。あの鮮やかに澄んだ瞳に映る自分の姿を見てみたいと――そう、思っただけなのだ。

だから、これが、恋であるはずがない。

この胸の痛みが現実であるはずがない。

ヴァレリーはメルキオッドの視線から逃れるように立ち上がった。


そして、さらに翌日。

メルキオッドに誘われて、ヴァレリーは再びジャルハラール邸へとおもむいた。

誘いを断ったらメルキオッドに勘違いされ、変に気を遣わせてしまうだろう。それはとても不本意だった。何事もなかったかのように平静でいればいい。実際になにもなかったのだから動揺することなどないのだ。シルビアに好きな相手がいたとしても問題ない。

むしろ、好都合であるはずだ。

好いた相手がいるにもかかわらず別の男とも関係を持つ愚かな娘——思うさま陵辱《りょうじょく》してやれば、ネイビーの傷もまた深くなるに違いないのだから。

苛々としながら新たな目的を見つけたヴァレリーは、一つ息をついて窓の外を見た。

そして、いつかの再現のようにぎょっとする。

ジャルハラール家の邸宅に続く門を越えた先にある庭に、再びシルビアの姿を認めたのだ。今度ははしごに登っているわけではなかったが、町娘のような軽装で、白銀の髪を後ろで一つにまとめ危なっかしく金づちを振り上げていた。

振り下ろしたら、手首がくきりと曲がる。慌てて手首を押さえる姿を見てヴァレリーは腰を上げていた。

「どうかしたのか？」

向かいに座っていたメルキオッドに問われ、ヴァレリーはとっさに外を指さした。

「シルビア様が……」

「またはしごに登ってるのか⁉」

「いえ。なにか作ってるようなので、……て、手伝ってきてもよろしいでしょうか？」

メルキオッドは身を乗り出すようにして確認し、複雑な表情をヴァレリーに向けた。

そして、考えるように首をさすり、溜息をつく。

「ロブ、馬車を停めてくれ」

後ろ手に壁を叩くとすぐに馬車が停まり、ヴァレリーは礼を言って馬車から飛び降りた。

「深入りはしないことだ。君も、傷つく」

「ご心配なく。はじめからそんなつもりはありません」

不思議と静かな声が出た。ヴァレリーは走り去る馬車を見送ってから不器用に金づちを操るシルビアに近づいた。よほど熱中しているのか、彼女はヴァレリーがそばにいることにも気づかずに矯《た》めつ眇《すが》めつ不格好な木の箱をくるくると回していた。

「……できたわ」

大きくうなずいた彼女の頬は、興奮のためかほんのりと赤い。手にしたものは、たぶん小鳥用の巣箱だろう。大きさは問題ない。ただし、決定的なミスがある。

「それでは入れませんよ」

ヴァレリーの指摘にシルビアがはっとして箱を回す。

「……どうして入り口がないの……？」

愕然とつぶやくその顔からすうっと血の気が引いていく。本当にショックを受けているらしい。その変化があまりに率直でかわいらしく、ヴァレリーは思わず吹き出していた。

シルビアははっとしたように顔を上げる。怒ったような表情が、ヴァレリーを認めた瞬間、おもしろいくらいに崩れて真っ赤になった。

「い、いつからそこにいらっしゃったんですか……!?」

「先ほどです。巣箱ですか？」

「は、はい。……新しいものに替えようと思って」

どうやら、ヴァレリーが以前した提案を実行に移していたらしい。

落ち着かないのか、彼女はしきりと巣箱を触りながら答えた。足下には比較的質のいい板が数枚おかれ、のこぎりや道具箱も一緒に用意されていた。

「お手伝いします。いくつ作るんですか？」

「え。で、でも……」

「こういうことは得意なんです。子どもの頃、妹に頼まれてよく作ったから」

サルシャに小鳥が近くで見たいとせがまれ、雛が孵ってからは毎日のように大騒ぎして巣箱を見上げていた。なにもかもがあまりに遠い記憶だ。懐かしくつぶやいて不格好な木箱を受け取ると、シルビアは無言のままじっとヴァレリーを見つめ、視線が合うと同時に慌てて顔をそむけた。

そして、道具箱を取るようなそぶりでさりげなくヴァレリーから距離を置く。

好きな男がいるから、不要な男には近づかないつもりなのだろう。

あからさまな拒絶に胸の奥が鈍く痛んだ。

人からさけられれば誰でも傷つく。ヴァレリーはそう自分に言い聞かせ、気づかないふりをして目を伏せた。

「手の怪我は、大丈夫ですか？」

間がもたなかったのか、黙り込んでいたシルビアがそんな質問をしてきた。

「ええ。深い傷ではありませんでしたから」

手の甲を見せるとシルビアはほっと息をついた。それからまた考えるように間をあけて、ちらりとヴァレリーを盗み見る。

「……あの、ヴァレリー様は、仮面舞踏会にお出にならないんですか？」

板を引き寄せ、あたりをつけるように炭で線を引きながらシルビアが控えめに問いかけてきた。

「メルキオッド様は、よくいらっしゃってますが」

こうやって男を誘ったのだろうか。恥じらうように頬を染めるシルビアを見つめ、ぼんやりとそう思う。相手に気を持たせるような仕草で、まるで待っていると言わんばかりの表情で――こんな顔をされれば誰でも勘違いするに違いない。

もしかして、と思ってしまう。

「……行きません。ああした場所は、俺には合いませんから」

機械的に答えるとシルビアはわずかに肩を落とした。

実際、ヴァレリーはああした場が得意ではなかった。彼女を籠絡するために通っているが、どうしても息が詰まってしまう。もともと都会の空気も合わなかったのだ。

「……そうですか。あの……ヴァレリー様にご兄弟は？」

「妹が一人」

「親類の方は？」

「今は、絶縁状態です」

母の実家から出たあとは連絡を一切取っていない。罪家とかかわれば迷惑がかかると思い、ヴァレリーから連絡手段を絶ったのだ。今、ヴァレリーのことを知るのはメルキオッドくらいのものだろう。

シルビアは手入れされた指先を炭で黒く染めながら板に印をつけていく。

「……東の……リドレット地方の方は、黒髪の人が多いのですか？　鳶色の瞳、とか」

「多いですね。ごく一般的な容姿だと思います」

なぜそんなことを急に尋ねてくるのか、ヴァレリーは怪訝に思いながらも素直に答える。するとシルビアは考え込むように動きを止め、黒く染まった指を細い顎にあてた。

「あっ」と、声が出たときには、白い肌に墨がついていた。すぐにシルビアもそのことに気づいたのだろう。慌てて袖で顔をぬぐった。

——それが、間違いだった。

墨が口の周りに広がる。まるで髭のように。知らずヴァレリーの口元がゆるみ、あれほど陰鬱《いんうつ》とした気持ちであったにもかかわらず、ぷっと吹き出していた。

「な、なんですか!?　どうなってるんですか!?」

シルビアが赤くなった。笑い出したヴァレリーを見て不安がり、汚れた手でさらに顔に触れるものだから、いつの間にやら立派な口髭と顎髭《あごひげ》ができあがった。

それを見てヴァレリーは声をあげて笑った。

「ヴァレリー様！」

真っ赤になったシルビアが、両目に涙をためて抗議の声をあげる。

「し、失礼。そんな手で何度も顔を触ってはいけません。でも……その顔もかわいいな」

ぽろりと本心が零れた。耳まで赤くなったシルビアの肩が小さく震える。

彼女は唐突に立ち上がってヴァレリーに背を向けた。

「洗ってきます……!!」

逃げるように去っていくシルビアの背を見つめ、ヴァレリーは、自分が久しぶりに腹の底から笑っていたことに気づいた。ここ三年、こうして笑ったことなどなかった。なにをしていても家族のことを思い出してしまい、心から楽しむことがなかったのだ。

ヴァレリーは視線を落とし、高鳴る胸を静めるためにぐっと右手の拳をあてた。

「これは恋じゃない」

目を閉じればいつでも鮮やかに思い出すことができる。

背の高い木の下に建つ一軒家。領民たちの相談にのり、川が氾濫すれば嵐の中でも出かけて領民たちを率先して避難させ、農地を丹念に見て回った父の姿。笑顔を絶やさず、孤児院に届けるのだとせっせと服と焼き菓子を作っていた母の姿。運動が大の苦手で引っ込み思案のくせに好奇心旺盛な妹の姿。

あまりにも平凡で、穏やかな日々。

「気の、迷いだ」

忘れられるはずがない。そのすべてを失った悪夢のような日を。

ヴァレリーは詰めた息をゆっくりと吐き出す。吸い込んだ大気は思った以上に冷たくて、けれど一度胸にともった灯を消すにはとうてい足りないものだった。

◇　◆　◇

シルビアは混乱していた。

「ど、どうして……!?　私は、ジョーカー様のことが好きだったのではないの!?」

ヴァレリーにも好感を抱いていたのは事実だ。堅実そうな彼がまとう穏やかな空気に心地よさを感じていた。怒るときには真剣に怒り、それ以外は終始ゆったりと構える姿が好ましかった。しかしそれはあくまでも好感どまりで、それ以上ではなかった。

それがまさか、快活な笑顔にときめいてしまっただなんて。

かわいいと言われて甘酸っぱい思いを抱いてしまうだなんて。

「なんて節操がないの！」

それとも東の男性は誰も彼もが魅力的で、シルビアの心を惑わせる男ばかりだとでもいうのだろうか。東方出身の男性と親しくしたのはジョーカーとヴァレリーがはじめてでどうにも判断がつかないが、想像しただけで絶望的な気分になってしまう。

「……み、魅力的すぎるのがいけないんだわ」

ジョーカーは、強引だが乱暴ではない。互いの気持ちを確認したことはないけれど、あして触れてくれるなら——きっと、好意を抱いてくれているのだろう。

ヴァレリーは穏やかで優しい。巣箱作りの手伝いを申し出てくれたときの柔らかな表情を思い出すと、それだけで心の中があたたかく満たされていく。

「だ、だめよ！　不実だわ！　最低だわ！」

二人の男性の顔を思い描き、シルビアは青くなった。そして、自己嫌悪におちいる。いくら東方出身の男性で共通点があるからといっても気が多すぎる。

シルビアはぶるぶると頭《かぶり》をふり、大きな花瓶を持って庭先を歩くリズに駆け寄った。

「リ、リズ、顔が汚れてしまったみたいなの。お湯を用意して……どうしたの？」

思い切り顔をしかめた侍女に、シルビアは首をかしげた。リズは花瓶を下ろし、ポケットから手鏡を取り出すなりつつっとシルビアの前に差し出した。

不思議に思ってのぞき込んだシルビアは、自分の顔が引きつるのを見る。

顔は、思った以上にひどい有様だった。

「なにをされたらそんなひょうきんなお顔になるんですか？」

「黒炭を触って……でも、ヴァレリー様はかわいいって言ってくださったのよ！」

「ああ……ヴァレリー様はお優しいですから」

手鏡をしまいながらうなずいたリズは、エプロンを外してシルビアの頭にかけた。年頃の娘が醜態をさらすのを見ていられなかったのだろう。ヴァレリーがシルビアになにもしなかったのは――もしかしたら、本当にかわいいと思ったからなのかもしれない。

どちらにせよ、早く落としてしまったほうがよさそうだ。

シルビアは小さく息をついた。


その日も仮面舞踏会が開かれた。

秋も過ぎ、冬に入ろうという時期なのに昼間はあたたかく、しかも巣箱作りにせいを出していたので汗をかいてしまっていた。

だから舞踏会前の湯浴みは、いつもより念入りにおこなった。

「……昼間、汗をかいてしまったせいよ。それ以外の意味は、ないわ」

刻限が近づくとシルビアはそわそわとした。頻繁におこなわれる舞踏会にやってくる面子はある程度決まっていて目新しさもなく、シルビアにとっては退屈なものになりはじめてもおかしくなかったが――。

「ジョーカー様に、会える」

三日ぶりだ。シルビアは人もまばらなダンスホールに来てじりじりと彼の到着を待つ。そうしていると、昼間、穏やかにヴァレリーと過ごした時間を思い出してひどく動揺した。

「あ、会いたいのは、ジョーカー様よ。ヴァレリー様は……優しい方だから、少し、気になるだけだわ」

シルビアが悶々と考え込んでいるうちに妖しく着飾った人々がやってきて、ネイビーに声をかけ、次いで壁の花と化したシルビアにも声をかけた。何度かダンスに誘われたが踊る気にはなれず、ジョーカーの姿を捜し続ける。

けれど、彼はなかなか現われなかった。

「ジャルハラール邸の壁はいつも華やかで目がくらみます」

聞きなじんだ声に、シルビアはあたりに彷徨わせていた視線を正面に戻す。そこにはメルキオッドが、優雅な笑みとともに立っていた。

「どうしたんですか？　浮かない顔をして」

「ジョーカー様は……あ、あの……どうしてあの名を名乗られたのか、気になって」

居場所を訊くのは露骨な気がし、シルビアはしどろもどろに言葉をつなぐ。するとメルキオッドは小さく苦笑を漏らした。

「あいつはカードゲームが得意なんです。それなのに、いつもジョーカーを持て余す」

「……持て余す？　強いカードですよね、ジョーカーって」

「そうですね。多くの場合強い。でも、持て余すと言うんです。扱いに困るって。最後に残ったよけいなカードだって、嫌うんです」

それを自分の名前代わりにしたことに不安を覚え、シルビアの視線は再び彼の姿を求めるようにダンスホールを彷徨いだしていた。

舞踏会はすでに中盤にさしかかっていた。テーブルにはメインとなる肉料理と魚料理が運ばれ、銀の大鍋にはスープが用意され、気軽に食べられるよう軽食も多く準備されていた。果実酒とともに果物やケーキを楽しむ女性も多い。ダンスホールの中央で踊る人々はまばらで、それぞれが会話と食事を楽しんでいた。

その中に、ジョーカーの姿はない。

「シーア？　ご気分でも？」

「いいえ、平気です。……ダンスのお相手を、お願いしてもよろしいでしょうか？」

落胆を悟らせないよう、シルビアはメルキオッドに笑みを向けた。すぐに手が差し出され、ダンスホールの中央に導かれる。曲調が変わり、テンポが速くなった。

「踊れますか？」

「は、はい」

ちょっと足をもつれさせたシルビアに気づき、メルキオッドが気遣わしげに問いかけてきた。本当は、テンポが速かったから追いつけなかったのではない。ジョーカーが来るのを期待し緊張していた体が、うまく音楽に対応できなかったのだ。

くるくると回るダンスの輪に、シルビアたちも加わる。舞踏会で踊るダンスは体を密着させるものが多い。体を触れ合わせることで親密度が上がるなら、確かにこれは有効だろう。だが、ジョーカーのときのようにいてもたってもいられないような感覚はなく、ダンスは曲の終わりとともに終了してしまった。

一礼して離れるとすぐにシルビアの元へ男たちが、メルキオッドの元へ女たちがやってきた。メルキオッドは再びパートナーを選び出し、シルビアは断って、人目をさけるように部屋の隅へ移動した。

なんだかひどく疲れていた。

果実酒の入ったグラスを給仕に差し出され、一つ取って口をつける。癖のない甘さが口腔に広がり、とたんにふわりと足下が揺れた。

シルビアは内心で慌て、ふらふらと窓辺に移動する。窓が冷たくて気持ちよさそうだった。薄いカーテン越しに触れようと手を伸ばし——ふいに、手首を摑まれぎょっとする。

「ジョーカー様!?　どうして、こんなところに……!?」

「しっ」

厚手のカーテンに隠れるように立つジョーカーが、シルビアの持つグラスを引き寄せて一気に呷る。

そして、シルビアを厚手のカーテンの中に引き込むと強引に唇を重ねてきた。

「ん……っ」

甘い果実酒とともに舌が唇を割った。とっさに飲み込むと舌が絡みつき、ずんっと下肢に響くほどの衝撃があった。舌を吸い上げられ、口腔をさぐるように舐めあげられる。強く舌を吸われぞくぞくとした。

「ふ、ん……っん、ぁ……や……っ」

合間にくすぐるようにちゅっと音をたてて唇を吸われ、甘く噛まれ、再び深く舌を絡め合わせる。口づけに翻弄され、体が、奥からとろとろと溶けてしまう。

ぼうっと頭に霞がかかった。

「私以外の男とダンスを踊るなんて、いけない人だ」

「だ、だって、ジョーカー様、が……、んっんっ」

反論は許さないと言わんばかりに唇が塞がれる。そのたびにぞくぞくと肌が粟立ち、鼓動が狂ったように速くなる。

「そんなに物欲しそうな顔をしていたら、男はみんな惑わされる」

耳元でささやくかすれた声こそがシルビアを惑わせる。名残惜しそうに軽いキスをしてジョーカーの唇が離れていく。その舌は、飲み下せなかった果実酒をたどるようにシルビアの顎を舐め、首筋をくすぐり、鎖骨に落ちる。

「ま、待ってください。ジョーカー様、こんな……」

「しっ。大きな声を出すと聞こえてしまう」

止めるシルビアの唇をジョーカーが再び塞ぐ。舌がぬるぬると絡みつき、その刺激に制止の意思さえ蕩けてしまう。気づけばドレスの金具がはずされていた。

唇が離れ、ようやく乳房が夜気にさらされたことを知る。

布一枚を隔てた向こうでは仮面舞踏会が行われているのだ。ダンスホールが音で満たされても、艶めいた声が聞こえれば誰かが様子を見に来るかもしれない。シルビアのように気まぐれにやってくることだって考えられる。レースのカーテンと厚手のカーテンのあいだは人一人が通れるほど開いていたが、こんなところで情事など、正気の沙汰ではない。

「な……や、やめてくださいっ」

震える両手で彼の体を押し戻そうとしたが、逆に軽く窓に押さえつけられた。伸ばされた舌先が、見せつけるように淡く色づく乳首に触れる。

「や……ふ、……ん、んっ」

「……そう。声は抑えておいで。でないと、人に気づかれ大変なことになる」

吐息で肌をくすぐりながら、ジョーカーはひどく残酷な言葉を口にした。手袋をはめた手で、立ち上がりかけた乳首がきゅっとつままれる。

「ひっ」

鋭い刺激に悲鳴が漏れ、シルビアはとっさに唇を噛みしめた。足ががくがくと揺れ、呼吸さえままならない。

「く……ん、ぁ……や、だめ……ひ、ん……っ」

舌と指が器用に動く。乳首を優しく潰され、甘い刺激に必死で声を抑える。どんどん熱くなる体に耐えきれず太ももをすりあわせると、すぐにそれに気づいたらしいジョーカーがいじわるな笑みを口元に刻んだ。

「ここか……？　ここが、気持ちいいのか？」

乳首に唇を押し当てながら尋ねられ、それだけで体の奥がじんっと痺れる。濡れる瞳をのぞき込んだジョーカーは、じらすようにゆっくりと顔を上げて左手を口に運び、中指を軽く噛んで手袋を取った。その仕草さえ色っぽく、シルビアは震える。

次になにをするのか――考えただけで、体がうずいた。

床に手袋を落としたジョーカーは、シルビアの反応を楽しむように手をドレスのスカートに押し当て、少しずつじわじわと持ち上げていった。

だめ、と、わずかに残った理性が訴えた。

こんなところでこんなことをしてはだめ。このまま流されてはだめ――。

それなのに。

「ん……ふ、……んん、ぁ……っ」

敏感な肌は外気に触れるだけで震え、薄い生地がこすれると熱を帯びた。膝を入れて強引に足が開かれると、それだけでめまいを覚え甘やかな声が漏れる。

「……本当に、困った人だ」

そうささやいたジョーカーは、切なげにシルビアの首筋に口づけた。強く吸われて体がのけぞり、肌が彼の服にこすれて体がますます熱くなる。内股を撫であげると同時に、ジョーカーはシルビアの唇を乱暴にふさいだ。

悲鳴を吸い上げ舌を絡めながら、指先が体の中心――もっとも敏感な部分に触れる。そこはすでに濡れそぼっていて、かすかな刺激に大きく震えた。

「……姦淫《かんいん》は罪だと、知っているか？」

下着の上から筋にあわせて指先を上下に動かし、ジョーカーはしっとりと濡れた声で問いかけてきた。彼に支えられてようやく立っていたシルビアは、布地の上から充血した花芽を丹念に愛撫され、びくびくと体を震わせる。

姦淫が罪であるならば、このおこないも罪なのだろうか。

――好きな人と結ばれることは、手続きにのっとり神に許されなければいけないことなのだろうか。

執拗なまでの愛撫に体中をほんのり赤く染め、シルビアは喉を震わせる。

「ジョーカー様……だめ。そこは、……あっ……ああ」

繰り返し嬲られ息もつけず、シルビアは必死でジョーカーにすがりつく。

「ここは、剝くともっと気持ちがいい」

「や……もう、これ以上は、ジョーカー様……あ、あ、……んっ」

「では、次にゆっくりと触ってあげよう。君がもっと気持ちよくあえげるときに」

くるくると円を描くように刺激して、情欲にかすれる声でジョーカーがささやく。いじわるな指は最後に強く布越しに花芽をすりあげ、シルビアに甘やかな悲鳴をあげさせてから移動する。今度は下着と肌の隙間。止める間もなく直接花芽に触れられ、あげそうになるあえぎ声を再び彼の唇に吸われた。

「すごいな。……今すぐベッドに連れて行ってやりたい」

訴えるジョーカーの声もうわずっていた。それが彼の興奮の度合いを伝えてくるようで、体の奥がいっそう熱くなる。

「ここがいいのか？　こんなに敏感だと……前に私が触れたあとは、欲求不満になったんじゃないのか？」

吐息だけで問いかけられ、びくりと体がはねた。

「……悪い子だ。自分で慰めたのか？」

「ち、違います、そんなこと……」

「体は正直だ。もっと触ってほしいとせがんでくる。こんな体で我慢できるはずがない」

「あ……ちが……ジョーカー様の、せい……です。ああ、あ、……ふ、んん」

あふれる蜜をすくい、濡れた指先で敏感な花芽をくすぐるようにこすられ、シルビアは内股を震わせて抗議する。しかし、その声も鼻にかかって甘く、媚びるようにかすれていた。花芽をさんざん嬲った指はゆるりと移動し、しとどに濡れる場所へとたどり着く。

「そ、そこ、は……」

「力を抜いていろ」

「でも」

「大丈夫」

ちゅっと音をたて首筋を吸われ体がはねた。男女の営みを知らないわけではない。はじめてのときはとても痛いらしい、そうマリーが真剣に訴えてきたのはいつだったか。

「こんなに濡れているなら……ほら」

指先が体の中に潜り込む。とろとろに溶けきったそこは、ジョーカーの指をしっとりと包み、切なげに震えた。

「や……そんな、ジョーカー様……っ」

「……力を抜いて。指一本なら、君を傷つけないはずだ」

「なに……？　ん……あ、待って……や……」

「ああ……やっぱりきついな」

　鈍い痛みにシルビアの体がすくみ上がると、ジョーカーは息を荒げながら眉をひそめた。ぎらぎらとした眼差しにシルビアははじめて恐怖に似た感情を抱く。痛みに怖《お》じ気《け》づくと体の奥でとぐろを巻いていた熱もすっと消え、急にとんでもない格好でとんでもないことをしていることを自覚した。

　ドレスを乱して胸をあらわにし、足を大きく開いて男の体を挟み込んでいる。そして、彼の手は、スカートの奥へ――。

「も、もうだめです、ジョーカー様。こんな、こと……！」

「君が望んだことだ。私に抱かれたいと思っただろう？」

「そんな……あ、あ……い、……やあ……っ」

「好きな男がいるにもかかわらず」

　責めるように言われて無意識に首をふり、首筋を噛まれて体を震わせる。

「ひどい人だ」

「違います。そんな……あ、っん、あ、ああ」

　抗議の声をさえぎるように指がゆるやかに揺れる。手のひらがぴたりと陰部に張り付いて、さんざん嬲られ敏感になっていた花芽を柔らかく押しつぶす。

「あ……そんな、ところ……だめです。ひ……っ」

「もっと気持ちいいことをしよう。さあ、力を抜いて。この奥に入れてくれ」

乱暴ではない強引さで、ジョーカーの指が奥をさぐる。抵抗したいのに力が入らない。それどころか、深く口づけ舌を絡められると体から力が抜け、固く閉じていた部分にわずかだが彼の指を受け入れていた。

「そうだ、いい子だ。もっと力を抜いて。わかるか？　指が入っている」

「あ、あ、……や……うそ……ふ、んっ。あ……」

「もう少し足を開いて」

ぐいっと力を込められ、抵抗もできずに足を開く。すると指は引きつるような痛みを伴いながらも一段とスムーズに入ってきて中で小刻みに揺れはじめた。

「すごい」

吐息とともにジョーカーがつぶやく。かすかな痛みはあふれ出した蜜ですぐに和らいだ。指は前後に動きながらだんだんと奥に侵入してきた。それは、快楽と呼ぶにはほど遠い慣れない違和感だった。決して気持ちがいいとはいえない。だが、そうしているのがジョーカーなのだと思った直後、違和感が体を激しく震わせるほどの快感へとすげ変わった。

「ジョーカー様、あ、ああ、……そこ……っ」

「全部入った。ほら、わかるか？　君の中に、私の指が」

深く挿入されたままやわやわと前後に揺すられ、その事実にきゅっと彼の指を締め付けてしまう。彼が大切な部分を傷つけないように注意深く動かしているのが伝わってきて、それがいっそうの快楽につながる。

曲げた指が中を確かめるように動き回り、シルビアは息を震わせた。

「あっ……ん、それ以上……ふぁ……動かさないで」

「なぜ？　熱くて、柔らかくて、物欲しそうに絡みついてくる」

「や……ふ……ん、あ、あ、……ひっ」

むずがゆいようなあやふやな圧迫感に、ふいにぞくりとしたものが混じった。蜜をしたたらせるそこから指がゆっくりと引き抜かれ、慎重に突き入れられる。

「あ、あ、あ……っ！」

ぐっと指が奥に入ってきた。花芽が同時にこすられ、腰がはねる。指の腹で蜜壁をえぐられ、シルビアはとっさにジョーカーの服を噛んであえぎ声をこらえた。

抽挿の手を止めることなくジョーカーがシルビアの耳たぶに唇を寄せる。

「痛くはないか？」

「は、い。……変に、なってしまいそう……ぁ……ん」

ぐるりと指が回されて甘く悲鳴をあげる。と、そのとき、近づいてくる足音にシルビアの体がぴくりと揺れた。弾みでジョーカーの指を締め付けてぶるりと体が震える。

快楽でかすむ目に、厚手のカーテンに人の手がかかるのが見えた。

「シルビア？」

突然聞こえてきた父の声にシルビアの体はすくみ上がる。情事の最中であることをまざまざと伝える乱れたドレスに狼狽えて、返事をするのが一拍遅れた。

カーテンが乱暴に引かれる――と、同時にシルビアの体はジョーカーにひっぱられ、ネイビーに背中を向けるような形になった。彼女はとっさにドレスを引き上げ胸元を隠す。

「シルビア？　なんだ、一人か？」

「え……？」

きょとんとするネイビーに、シルビアのほうが呆気にとられた。ジョーカーは近くにいたのだ。その証拠に、彼の指はまだ彼女の中にあったのだから。弾かれたように下を見ると、スカート部分が不自然に広がっている。裾の長いものを選んだとはいえ、彼の足がちらちらと見え、仰天して腰を落とした。

そのとたん、彼の指がゆるやかな抽挿を再開した。

「や……っ」

甘い刺激に体が震え、シルビアはスカートを押さえる。

「どうかしたのか？」

「い……いいえ。な、んでも、ありません。ちょっと……ん……果実酒をいただいたら……ぁ……酔ってしまった、みたいで……」

「そうか？　侍女を呼ぶか？」

腰を落としたせいでスムーズになったのだろう。抽挿が少しずつ速く大胆になっていく。音楽に混じって水音が聞こえ、シルビアは羞恥に身もだえしたくなった。気がおかしくなりそうだ。下着がずらされ、花芽にふっと息が吹きかけられる。次いでじかに触れられ、声が漏れないようきつく唇を噛んだ。

涙で目がかすむ。必死で快楽をやり過ごし、シルビアは肩越しに振り返ってネイビーに笑みを向けた。

「だ、大丈夫、です。だいぶ、よくなりました。も……すぐ、私も、戻ります、から」

「つらいようなら人を呼ぶんだぞ」

「は……ぁ、い。わかりました、お父様……ぁ、……ん」

厚手のカーテンが閉まると同時にスカートが盛り上がり、指でさんざんいじられ敏感になっていた花芽が強く吸われた。

「ひっ」

舌先で転がされ、腰がびくびくと震える。同時に繰り出される抽挿は執拗で、指が激しく突き入れられ甘い痛みとなってシルビアをさいなみ、両手で口を押さえておかなければあられもなくあえいでしまいそうだった。足を高く持ち上げられ、指と粘膜の境を激しく舐められて際限のない快楽に体をのけぞらせる。

ジョーカーの手で身も世もなく身もだえていたシルビアは、再び強く花芽を吸われた刹那、意識を手放していた。

「シーア！　シーア、しっかりしろ……!!」

頬を軽く叩かれ、シルビアは目を開ける。おぼろにかすんだ輪郭が線を結ぶと、そこには不安げなジョーカーの姿があった。言葉遣いや態度は突き放すように冷たいのに、ふいに見せる表情が優しい。ほっと安堵する姿に、胸の奥が絞られるように痛む。

ぼんやり辺りを見回すと、そこはシルビアの部屋だった。ベッドに寝かされた彼女を、ジョーカーが見おろしているのだ。

「……私、どうしたんですか？」

「気を失ってたんです。お辛かったなら、途中で辞退してもよろしかったんですよ？」

部屋の中をぱたぱたと歩き回り湯を用意しながらマリーが告げる。

「……気を、失って……？」

シルビアが繰り返すとジョーカーが軽く咳払いし、ベッドから離れた。

「私はこれで」

「え!?　もう行かれるんですか!?　すぐお茶をお淹れしますが」

「女性の部屋に長居は禁物だ。お茶は彼女に」

マリーの誘いをあっさりと断り、ジョーカーは足早に部屋を出て行ってしまった。ドアを見ていたマリーはつつっとベッドにやってきて内緒話をするように身をかがめる。

「ジョーカー様、お嬢様が倒れたからお部屋まで運んでくださって、目が覚めるまでずっとそばにいてくださったんですよ。実は結構、いい感じだったりしますか？」

言われてシルビアは赤くなり口ごもった。

「どちらにお住まいなんですか？　お若い方ですよね？」

「……知らないわ」

「え？　お名前は？」

「……知らないわ」

同じ言葉を繰り返し、そっと息を吐き出す。

「ねえマリー、姦淫って、いけないことなのかしら」

質問するとマリーは手にした銀食器を勢いよく床に落とした。

「い、いけないです！　鞭打ちとか、場合によっては姦淫罪になって、重い処罰もあり得るんですよ!?　ま、まさか、お嬢様……!?」

「ち、違うわ。ちょっと訊いてみただけよ!?」

マリーの狼狽えぶりにシルビアまで動転し、ベッドから上体を起こしながら言い訳する。けれど、今日の行為は限りなくそれに近い。シルビアは彼に自分の体をほとんどすべてさらけ出してしまったのだ。

苦痛は快楽だった。

狭く固い場所を広げられ、激しく指で突き上げられ――彼の唇で、生まれてはじめて絶頂というものを感じてしまった。好きな人に触れられるのは、あんなにも気持ちがいいものなのだ。

激しく嬲られた下肢はいまだじんじんと痺れている。

「結婚までは、だめですよ？　結婚の約束をされてるならまだしも、未婚女性の婚前交渉はいけないことです」

マリーにおそるおそる言われ、シルビアの口元が引きつった。

「も、もちろん、知ってるわ。なにを言ってるの、マリー。そういうことを教えてくれたのはあなたでしょう？」

シルビアの返答に納得したのか、食器を片付けたマリーは、新しい食器を取りに部屋を出て行った。

姦淫が罪とはいえ、世の中には娼婦もいるし、愛人だってごく普通にいる。それどころか教団はそうした女性たちの告解を聞く場さえ設けていた。

ただ、それぞれの立場によって対応が違うのだ。

シルビアはベッドに沈み、枕を抱きしめる。体の奥にいまだ灯《ひ》がともっている。吐息は快楽の余韻を引きずるように震え、服がこすれるだけで鳥肌が立つ。

目をきつく閉じても、まるで囚われてしまったかのように彼のことが脳裏から離れなかった。

第三章　偽りの恋人たち

　ヴァレリーは、鳥の巣箱が蛇やイタチに狙われないよう苦心してネズミ返しを製作しているシルビアを見て、逡巡してから手伝うことを決めた。

　カーテンの裏で睦み合った二日後のことである。さすがに顔を合わせづらかったのだが、シルビアはごく普通に微笑みかけてきて少し面食らった。

「……ヴァレリー様がぼんやりしてるから、お嬢様はほかの男性に取られました」

　侍女にそう声をかけられたのは、いくつかネズミ返しを取り付け、シルビアがお茶の準備をするため屋敷に戻ったときだった。

「君は……ええっと、リズ、でしたね」

　今はメルキオッドの付き人として来ている。つまり仕事中だ。相手が侍女でもここは敬語が適していると判断して言葉をかけると、彼女は眉根をぎゅっと寄せて顎を引いた。

「ほかの男に取られたっていうのは、つまり……？」

「好きな男性ができたってことです。あなたにも好意を持っているようですが、圧倒的に相手が有利です」

きっぱりと言い切られ、鼓動がはねる。動揺に血の気が引いていくのがわかった。

メルキオッドの言った通り、シルビアには想い人がいるらしい。そのうえで〝ジョーカー〟に体を預け、痴態《ちたい》をさらしたのだ。

めまいがした。あの瞬間、彼女は確かに自分のものであったはずだ。なにもかもをさらけ出し、〝ジョーカー〟という男に溺《おぼ》れた。

それなのに、やはり。

「ヴァレリー様？　聞いているんですか？」

リズの声にはっとわれに返る。たったいま自分が考えたことに愕然とし、慌ててその思いを振り払う。シルビアはただの道具だ。その体をもてあそび捨ててやることが、ネイビーへの復讐の第一歩だった。そのためだけに近づいたのだ。

だから、彼女がほかの男に惹かれようとヴァレリーには関係のないことだ。

いや、むしろ喜ぶべき状況だ。婚礼直前に陵辱すれば、自殺した妹と同じ状況になる。

彼女を追い詰めるいい材料が手に入ったのだ。メルキオッドから聞かされたことを裏付けされたくらいで驚くなどどうかしている。

シルビアは〝ジョーカー〟との関係を火遊び程度に思っているのだろう。無垢《むく》な体をさらけ出すのは、性への好奇心と、一度助けた男なのだから無体なことはしないという甘い考えからに違いない。

そこに、付け入ればいい。今ならさほど難しいことではないはずだ。

「シルビア様はその方とご結婚を？　ぜひ、お祝いの言葉を……」

「そんな顔で言われても説得力なんてありません。……失礼します」

ヴァレリーを睨んだリズは、強い口調でそう言って肩を怒《いか》らせて立ち去った。取り残されたヴァレリーはしばらく呆然とその場に立ち尽くし、崩れるように座り込む。

シルビアは道具なのだ。それ以上でも、それ以下でもない。

だから――。

「ふ、ん……あ、そこ、……っ……あ、ああ……!!」

シルビアをベッドに押さえつけ、蜜をしたたらせるその場所に丹念に指を這わせる。無機質な仮面をつけ、〝ジョーカー〟という架空の男になりきって。

最近の情事は、こっそりと舞踏会を抜け出し彼女の部屋でおこなわれることが多かった。誰にも邪魔されないように鍵をかけ、彼女の服をすべて取り払って。

彼女の秘部にはなにかが塗り込められていた。あふれる蜜は甘く、立ちこめる香りは雄の本能を揺さぶり起こすほど官能的だった。はじめは逃げを打つ腰も、かわいらしく主張する乳首と赤く充血する花芽をじっくりと愛撫してやると快楽を求めて揺れはじめる。指で軽く押さえて舌先で花芽を剝いてやるとその刺激だけで絶頂に追い上げられ小刻みに震えるのだ。その様は誘っているようで、ヴァレリーの欲望にすら火をつけた。

「今日は誰と踊ったんだ？」

問いながら敏感な花芽を指先でそっと潰すように刺激する。シルビアが白い喉を反らせ、小さく悲鳴をあげた。

「ひ、あ……誰とも、踊って……な……」

その一言にこめかみがちりちりと痛んだ。見え透いた嘘だ。名も知らない男の腕の中で、彼女は恥じ入るように頰を染め、リードされるまま踊っていた。それなのに、誰もが彼女を注目していた状況で、くだらない言葉で真実を隠そうとする。

それが腹立たしい。

「私が見ていないとでも思っているのか？　踊っていただろう。金髪の男と」

「だって、あ……やあ……そこ、だめ……っ」

「だって、なんだ？」

指を離して問うと、シルビアは甘やかな吐息を漏らし濡れた瞳でヴァレリーを見上げた。上気する肌に欲望をともす瞳――そのどれもが、ヴァレリーの理性を揺さぶる。あっけなく崩れてしまいそうになるそれをかき集め、努めて冷たく突き放すように見つめた。

「ダンスに誘われたから」

「誘われたら誰とでも踊るのか？」

「ジョーカー様が、誘ってくださらないのが悪いんです」

「――そうやって男を誘惑する気か？」

シルビアは悪女だ。純真なふりをして男を誘い、好きな相手がいるというのに〝ジョーカー〟との関係も続けている。そのうえメルキオッドの従者として昼間訪れると、汚れなど無縁とばかりに澄んだ眼差しで好意を向けてくるのだ。

そのたびにヴァレリーは翻弄される。

彼女を自分に縛り付けたい欲求と、堕落させたい欲望にさいなまれる。

ただの道具の分際で――これほど苛立たせる女ははじめてだ。

「……ひどい女だ。人を惑わせ、狂わせる。そんな女には、お仕置きをしないと」

興奮と憤りにかすれる声でささやいて、ヴァレリーはズボンのベルトを抜いた。とろりと蕩けるような瞳でそれを見ていたシルビアは、両手首をまとめて縛られてようやくわれに返ったのか体をくねらせる。細い足が抗議するようにシーツを蹴った。

だが同時に、彼女が期待していることもわかった。

快楽を覚えてしまった体は簡単に籠絡する。きっと誰にでも、求められればその体を開いてしまうだろう。こうして今、ヴァレリーにするように。

それを思うと胸の奥がざわついた。

「ジョーカー様……なにを、するの……？」

「……じっとしていろ」

低く命じてシルビアの視線を感じながらしどけなく横たわる体に手を伸ばす。

苦痛は、痛みの中にのみあるものではない。行き過ぎた快楽も、満たされない欲求も、度を越せば等しく苦痛となるのだ。

触れるか触れないか、絶妙な位置で皮膚をたどるとざっと肌が粟立つのが見えた。

「ん……っ」

震える乳首を弾くと体がなまめかしくのけぞった。愛してほしいと訴えるそこを指先でほんのかすかに擦り、甘やかな悲鳴をあげさせてから乳房を下りて見事にくびれたウエストに向かう。中心にあるへその周りをそっと触れると腰をくねらせる。

誘うような動きにヴァレリーは唾を飲み込んだ。

「ジョーカー様、も……や……っ」

疼く体をいつものように舌と指で愛撫され、絶頂を感じたいのだろう。

わかっているから、触れてやらない。

ときおり切なげに揺れる乳房に息を吹きかけ、甘くあえがせて体中に指を滑らせていく。

刺激を求めて浮き上がる体を無理やり押さえつけ、気まぐれに強く指先を押し付ける。

「ひ……ぅ……ん、ぁ！」

シルビアの体が跳ねた。足を開かせ内股を柔らかく揉《も》むといっそう淫らに腰が揺れる。

「ジョーカー様、お願い……このままじゃ、……ん……、ふぁ……おかしくなってしまいます。ああ、……触って……!!」

淡い恥毛の合間から勃起した花芽が見えた。優しく触れてやれば、目もくらむような快楽が得られるだろう。そのときシルビアがあげる声は、ヴァレリーにとっても快楽だった。

征服欲と欲情に火をつけ、蹂躙し、奪い尽くし、満たしたくなる。

けれどヴァレリーは、顔を近づけて強く息を吹きかけるだけにとどめた。

「ひっ……ん、んん……いじわる……っ」

媚態に微笑むと、艶っぽく睨まれる。

「いじわる？　なにを言ってるんだ。こうされる原因は、なんだ？」

「ぁん……他の人と、踊ったから……？」

「そうだ。すべての原因は君自身だ」

言いながら内股をゆっくりと撫でるとしたたる蜜がシーツにシミを作った。

「あ、も……やぁ……!!」

「君が、私以外と話し、私以外を見つめるなんて許されるはずがない」

この苛立ちも欲求も彼女のせいだ。上気する肌、甘く求める声、情欲に濡れる瞳――すべてを誰の目にも留まらないよう閉じ込めてしまえたら。

「も……しません。ジョーカー様だけ……だから……いじわる、しないで」

誘う声にぞくりとした。

「こんな淫らな体で、我慢できるはずがない」

うわずる声を抑えることができなかった。興奮のまま舌を伸ばし、蜜をすくい取る。それだけでシルビアの腰はびくびくと震えた。

「あ、ああ……!!　ぁあ、……ふ……ん、んあ……っ……!!」

声に誘われ、小さな絶頂に痙攣する腰を引き寄せ花芽に舌を絡みつける。かわいらしく勃起したそこを舐めあげるとシルビアは喉をひくつかせ、苦痛と快楽を甘い声にして吐き出した。舌で強く舐め上げると腰がびくびくと震える。

息を荒げたヴァレリーは、媚肉の中にずるりと舌を入れた。

「や……そんな……あ、あ……だめ、ああ！」

狭い場所をくつろげるように舌を深く突き入れ、ぞろりと舐め上げる。逃げようとする腰を押さえつけ、あふれる蜜を吸い取って時間をかけて押し開いてやる。そして充分にほぐれたその場所に指を差し込んだ。柔らかく溶けた壁はヴァレリーの指に絡みつき、切なげに締め付けてきた。会うたび愛撫を繰り返したその場所は、指を二本に増やしてもすんなりと飲み込んで喜びに震えるのだ。

「あ、ああ、……あ、も、ジョーカー様……!!」

誘うようにくねらせる腰にめまいがする。快楽を覚えた媚肉はさらに強い刺激を求めて蜜をしたたらせた。

「シーア。奥が、感じるのか？」

抱きたい。もっと深い場所でつながって、溶け合ってしまいたい。

「いい、です……ジョーカー様……ああ、そこ……っ」

求められていることをはっきりと感じながら、それでもヴァレリーは最後の一線を越えまいと理性をかき集める。まだそのときではない。彼女をおとしめるのに適した時期はもっと先——そう自らに言い聞かせる。

「君が嫁ぐ日になったらここを満たしてあげよう。純白のドレスをたくし上げて私に抱かれ、その後で神のもとで愛を誓うといい」

火遊びがそうでなくなる瞬間を、ヴァレリーは甘い毒を含む声で宣言する。刹那、シルビアの体がぶるりと震えた。

「こんなに物欲しそうにひくつかせて、それまで我慢できないのか？　だが、ほかの男をくわえ込むことは許さない」

彼女が求めるのは〝ジョーカー〟だ。他の誰でもない。だから——。

「この体は私のものだ。君は、私のものだ」

「あ、ああ！　そんな、したら……ひ……ああ、あ、あ、あっ」

シルビアは指の抽挿と舌で加えられる花芽の刺激で激しく乱れ、あえぎ声をあげる。ヴァレリーはズボンの前をくつろげ、いきり立ったものを取り出した。愛撫を中断して体をずらし顔をのぞき込むと、肌を上気させた彼女が怯えたようにヴァレリーを見つめ返した。それでも本当に犯されるとは思っていないのだろう。こんな状況でも強い抵抗はない。

　このまま彼女の足を開き、しとどに濡れたその中に自身を埋め込んでしまいたかった。歓喜して迎え入れる媚肉がどれほどの快楽を生み出すか、それを考えただけで鳥肌が立つ。

「ジョーカー様……ぁん、だめ……やぁ……っ」

　誘うように体をくねらせるシルビアの姿に、腰に鈍く響くほど強い衝動に駆られた。

「……まだ、だ」

　狂おしいほど求めながら、それでもヴァレリーはその感情を拒絶する。腰を落として蜜口を擦りあげ彼女を存分に焦らしたあと、蜜と先走りの液で濡れたものを震える花芽にこすりつけた。

「ふ、あ、あ！　あぁ……あ、……ひ……んっ……ああ、いやぁ」

　割れ目に沿わせ敏感な花芽に猛ったものを何度もすりつけると、こらえきれないようにシルビアの内股が引きつった。指を挿入したままなら、きっと感じることができただろう。愛おしげに締め付け奥へ誘うように蠢《うごめ》く蜜壁を。

　そしてヴァレリーはそれを想像しながら何度も執拗に自身を彼女の花芽にすりつける。彼女が泣いて懇願するまで、その甘いあえぎ声を聞きながら幾度も。

「も、くるし……ジョーカー様、ゆるし、……あぁあっ」

「シーア……ああ、一緒に……」

「……っあ……!!」

びくんと彼女の体が震えるのを見てヴァレリーは己をぐっと擦りつける。

その直後、絶頂に目の前が白く弾け、こらえきれず声が零れて体が大きく震えた。

「……ふ……っ」

「ジョーカー様……ぁ……」

力なく崩れ落ちるヴァレリーの体を、シルビアが愛おしげに抱きとめる。それがとても心地よくてまどろんでいたヴァレリーは、体を動かした拍子に違和感を覚えた。

そして、シルビアの腹に吐精したこと、その上に倒れ込んでしまったことに気づく。

「しまった」

失態だ。まだ舞踏会は続いていて、ヴァレリーはそこに戻らなければならない。単純に汚れただけなら誤魔化せるが、さすがにこのにおいまでは誤魔化しきれないだろう。

「ジョーカー様……?　あ……少し、待っていてください」

シルビアは、ずれてしまった仮面を直し、シーツで体を隠してから部屋の奥へよろよろと歩いて行った。ここはジャルハラール邸のシルビアの私室で、そこを自由に使えるのはシルビア以外存在しない。今さら正体もなにもない気がするのだが、ヴァレリーが仮面を取らないように、彼女もまた仮面を取らずにことに及んでいるのである。

彼女はすぐに男物の服を一揃えかかえて戻ってきた。

「あ……あの、もし、なにかあるといけないと思って……用意を」

服を差し出すシルビアは、恥ずかしいのか耳まで真っ赤にして顔を伏せていた。あれほど何度も睦み合って〝なにか〟もないが、どうやら彼女にとっては恥じ入らねばならない思考らしい。相変わらずおもしろい考え方をする娘だとぼんやり思いながら、ヴァレリーは好意に甘えることにして汚れてしまったシャツを脱いだ。

すぐに、ほうっと溜息が聞こえてきた。

「……ジョーカー様の体を、はじめてちゃんと見た気がして……つい」

今度は手にした服で顔を隠しながら恥じている。ヴァレリーはいつでも着衣したままだった。もしものときのための措置だったが、そう言われるとヴァレリーのほうまで意識してしまって妙な気恥ずかしさを感じた。

だが、ヴァレリーはその感情を即座に打ち消した。

ここにいるのは彼女を利用するため。肌を合わせるのも目的があるがゆえだ。裸を見られたごときで恥じるなど馬鹿馬鹿しい、そう自分に言い聞かせる。

「男の裸など、おもしろくもなんともないだろう？」

突き放すように告げるとシルビアは小さく声をあげた。

「脇のところに、傷が」

「ああ、これか？　小さなときに木から落ちたんだ。妹に言われて雛を巣箱に戻したときに……いや、なんでもない。もう、痛みも感じない」

そっと撫でると皮膚がひどく引きつっているのがわかる。木から落ちたヴァレリーは、折れた枝が脇腹に刺さり、足を骨折して一週間ほど生死をさまよった。毎日泣いて過ごした妹は、ヴァレリーが退院するなり鳥の親子に夢中になり、すぐに兄に見向きもしなくなったのである。今思い出しても苦笑いが漏れてしまう。

「本当に痛くはないのですか？」

いつの間にか服をベッドに置いたシルビアは、床に膝をついて座り、身を乗り出すようにしてヴァレリーの傷を見ていた。

「もう十五年も前の話だ」

答えた直後、シルビアがさらに身を乗り出し、引きつった傷痕にキスをした。背筋がぞくりとして、ヴァレリーはとっさに腰を引く。しかし、もう遅かった。

シルビアは傷痕から唇を離し、驚いたように視線を下に落とす。そして、立ち上がりかけたものを凝視してからばつが悪そうに口をつぐむヴァレリーを見上げた。

「……刺激されるとこうなるんだ」

「私、触ってません」

「直接でなくとも……そういうものなんだよ」

どんなおこないでも快楽と思えば体が反応する。ヴァレリーはまだ若い。これぱかりは致し方ないことだった。

さっさと服を着てしまおうとズボンを引き寄せたヴァレリーは、妙にそわそわしているシルビアに気づく。なにか言いたそうに押し黙り、真っ赤になってちらりとヴァレリーを上目遣いに見て、またそわそわとうつむく。

「あ……あの……さ、触ってみても、いいですか……?」

行為の最中、ヴァレリーがシルビアの手を導いたことはある。おっかなびっくり触れてくる指先が気持ちよく、しかしどうしていいのかわからないといった様子だったので手を添えて抽挿のまねごとをした。それから何度かシルビアにつたない手淫を求めたが――彼女から触りたいと言ってきたのはこれがはじめてだった。

「……別に、かまわないが」

声がうわずってしまわないよう注意しながら言うと、シルビアはおずおずと両手を伸ばしてきた。期待と緊張に、ヴァレリーのものはさらに勢いを増す。直視に耐え難い恥ずかしさだが、彼女の指がどう触れるか、そのとき彼女がどんな表情をするかが知りたくて、ヴァレリーは刮目《かつもく》して見た。

指の腹が、そっと鈴口に這わされる。

「……っ……」

それだけで、腹にくっつきそうなほど立ち上がってしまった。シルビアは目を見張り、いったん引いた手をまた伸ばす。濡れた先端に指の腹を滑らせ、白濁とした液に戸惑ったように視線をあげる。

やはり、どうしていいのかわからないらしい。それでもなお懸命に続けようとする彼女の姿に甘い胸のうずきを覚え、ヴァレリーはそっとうながしてやる。

「そのまま触るんだ。一人で、できるか？」

興奮にかすれた声で問うと、シルビアはこくりとうなずく。彼女の表情は真剣そのものだ。意を決するように両手でヴァレリーのものを包み込み、そうっと丁寧に手全体で刺激しはじめた。それは、ヴァレリーがいつもさせていることだ。柔らかな手はあたたかく、包み込まれるだけで腰に響くような快楽を与えてくる。

「くっ……シーア、そうだ……裏に、指を……」

指示すると、筋を指の腹でたどられた。ゆるやかな愛撫はじれったいが、めまいがするほど気持ちがいい。なにより彼女が進んでそうしてくれていることに興奮する。

ヴァレリーの息が乱れると、シルビアも肌を上気させた。

こくりとシルビアの喉が動く。その淫靡《いんび》な光景に刺激され、ヴァレリーは彼女の細い顎を持ち上げてそっと自らのものへ導いた。

「……口を、開いて」

戸惑う彼女に静かに命じる。彼女は目を閉じ口を開いた。次になにをさせられるかわかっているのか、いないのか――。

「もっと口を開いて……舌を出せ」

シルビアはヴァレリーの声に従い、赤い舌をちらりと覗かせた。ヴァレリーはシルビアの頭を引き寄せ、己のものを押し付ける。

「ふ……んん……っ」

「舐めるんだ。舌を、使って……歯は、立てないように」

言われるままシルビアの舌がぞろりとヴァレリーのものを舐め上げた。強い刺激に息が乱れ、白濁とした汁をこぼす先端を吸われて声があがってしまう。シルビアは可憐な唇を開き、ヴァレリーが命じるまま猛った雄を口腔に導いた。

「ん……!?」

ようやく異変を感じたらしいシルビアが目を開け、驚いたように顎を引く。けれどヴァレリーはそれを許さずぐっと股間に押し付けた。すべてを収めることなど到底できないが、シルビアの体が羞恥に染まる姿はひどく淫らで、それだけで興奮してしまう。

「舌を強くこすりつけるんだ」

ヴァレリーがシルビアの頬を撫でながら告げると、彼女はぎゅっと目を閉じてからおずおずといった様子で舌を使いはじめた。あめ玉を舐めるように舌を動かし、無意識なのか敏感な部分を口腔の粘膜にすりつけてヴァレリーを刺激する。

「あ、……そうだ、シーア……手を、添えて」

絡みつき、吸い上げられ、目がくらむ。含みきれなかった幹にシルビアの手を添えさせ手淫を求めると、彼女はつたないながらも懸命に手を動かしはじめた。

「ふ、ん、……んん、……あ、大きい……」

シルビアの声に反応するようにびくんとヴァレリーのものが震えた。ちゅっと音をたてて離れた唇が、再びヴァレリーのものを飲み込む。

目もくらむような快楽だった。敏感な部分を丹念に愛撫され、ヴァレリーはたまらずあえぐ。下半身に熱が集まり、ずんと重い。そろそろまずいと思ったとき、熱く柔らかな粘膜が絶頂へとうながすようにきつく吸い上げてきた。

「ふっ……く……っ」

目の前が白く焼け、ヴァレリーはとっさにシルビアの肩を押して己を引き抜いた。と、ほぼ同時に精液が彼女の口から顎にかかりとろりと流れた。

上気した肌にあまりに淫猥な光景に、ヴァレリーは動転して視線を彷徨わせる。

「今拭くものを……」

とりあえず脱いだばかりのシャツでいいかと手に取ると、シルビアは放たれたばかりの精を指ですくい取り不思議そうな顔で眺めたあとおもむろに口へと運んだ。

ぎょっとしたのはヴァレリーである。とっさにシルビアの手を摑んだ。

「なにをしてるんだ!?」

「これ、ジョーカー様のものです。い……いつも……してくださるから」

「わ、私は好きでやってるんだ」

とめどなくこぼれ落ちる蜜を唇で受け止めるのは、強要されたわけでも、ましてや仕方なくしていることでもない。

「君はしなくていい」

「……でも」

なぜかしゅんとされてしまい、ヴァレリーは狼狽えてシルビアの手を放す。それをどう受け取ったのか、彼女は汚れた指を口に含み、小さく喉を鳴らした。

えもいわれぬ羞恥と恍惚感に、ヴァレリーは息を呑む。

「……苦い」

人によっては興奮することもあるだろうが、間違ってもおいしいものではない。実際に彼女の感想も、実にわかりやすく率直なものだった。そして同時に、その表情はうっとりと幸せそうでもあった。再び腰のあたりがうずくような気がしてヴァレリーは視線を剝ぎ、シャツで彼女の肌を汚す残滓《ざんし》を拭き取り小さく丸めた。

このままではヴァレリーのほうが溺れてしまいそうだ。

溜息とともにズボンを脱いでシルビアが用意してくれたものを穿き、シャツを羽織ったところで彼女がはっとしたようにヴァレリーを見た。

「あの……今の、気持ちよかったですか？」

指先で可憐な唇に触れながらの質問に、やはり腰のあたりが妖しくうずいてしまった。ヴァレリーはそんな自分を諫《いさ》め、努《つと》めて平静にうなずく。

「ああ」

あんなふうに触れてくれるとは思わなかったから、いまだに鼓動が乱れている。

シルビアはほっと安堵の息をつく。ひじょうに淫らなことをしていたはずなのに、そうして彼女が喜ぶと、背徳的な行為への後ろめたさがあっさりと瓦解《がかい》してしまう。

慌ただしく身支度をすませると一糸まとわぬ姿でベッドに座り込むシルビアを見た。

「舞踏会には出られるか？」

尋ねると彼女は何度もうなずく。しかし、そのわりに動こうとしない。

「シーア？　戻るなら早く用意を……」

そこまで言って、もじもじと体を動かすシルビアにぴんと来た。何度も絶頂に押し上げられた体だが、手淫と口淫で再び熱を持ってしまったのだろう。自分と同じように興奮していたのだとわかると、淫らな彼女に愛おしさのようなものを覚えて苦笑が漏れた。

「本当に困った人だな」

肩にかかった髪を軽く払い、首筋を柔らかく吸い上げる。

「あ……ち、違います。ちょっと、ぼうっと、していただけで……あ、あ……や、そんなところ、触っちゃだめ……っ」

ころんと体を倒して秘部に指を差し込むと歓喜して絡みついてきた。とろとろに溶けて嬉しげに指をくわえ込むそこに、ヴァレリーは躊躇うことなく熱い舌を這わせた。

◇

◆

◇

仮面舞踏会の面子《めんつ》が以前と変わったことに気づいたのは仲冬《ちゅうとう》の頃だった。

見知った貴族たちが少しずつ減り、見知らぬ者たちが増えた。舞踏会の内容自体は変わらなかったのでさほど気にならなかったが——というより、ジョーカーとの情事に溺れ、実のところあまり気にしていなかったのだ。

巧みな指先と自在に動く舌に翻弄され、彼のことを思うと体が震えて熱を求めてしまう。けれど、激しく求め合ってもなお、彼と本当の意味では結ばれていなかった。

「シルビア様？　開きませんか？」

応接室のソファーに腰かけ、からくり箱を手に持ったままあれこれと思い悩んでいたシルビアは、ヴァレリーの声にはっとわれに返る。テーブルを挟んだ正面にはヴァレリーが腰かけていた。今日はメルキオッドのお使いということで、西方の珍しい果物をたくさん届けてくれたのである。

すぐに辞退しようとする彼を、シルビアがぜひお茶をと引き留め現在に至る。

シルビアはからくり箱を手で弾ませた。

「説明書があったんですが、なくしてしまったみたいで」

「……失礼」

ヴァレリーは断ってシルビアの隣に腰かけた。とんっと鼓動がはねたシルビアは、できるだけ平気そうな顔でヴァレリーを見た。鳶色の瞳が思いがけないほど近くにあって、しかもまっすぐ自分を見つめていてひどく狼狽える。

暖炉には火が入っていた。だから部屋があたたかい。体温が高くなるのは室温のせいだろう——そう思ったのに、頬が不自然に赤くなって鼓動が速くなる。

ジョーカーが好きなはずなのに、シルビアはいつもなぜかヴァレリーのことが気になってしまうのだ。そして、そんな自分に気づくたびに動転し、困惑する。

「……ヴァレリー様は、香水かなにか、おつけですか？」

「え？　いえ、とくには……」

突然の質問にヴァレリーは戸惑った表情を見せ、シルビアはますます赤くなった。彼の体臭がどことなくジョーカーに似ている気がして訊いたが、突飛《とっぴ》すぎた。

「……シルビア様は、甘いにおいがしますね」

ぽつりと言われ、また鼓動が跳ねる。

今度は、動揺のために。

「こ、香油を、使っているので」

香油はジョーカーと会うようになってから使いはじめた。その理由があまりに淫らでとても言葉にはできず、からくり箱をぐるぐるといじる。

「貸していただけますか？」

「え……あ、箱ですね。は、はい、どうぞ」

手慰みでいじってびくともしなかったからくり箱を、シルビアは慌ててヴァレリーに手渡した。小さな箱はさまざまな種類の木で複雑な模様が組まれており、ぱっと見るだけでは装飾以外、なにが特別なのかすらわからないような作りだ。母が病床の折——三年前に譲り受け、ずっと触れていなかったものである。

ヴァレリーは筋張った手で箱をくるりと一回転させてから目を伏せた。

「いい作りですね。とても丁寧な品です」

自分が褒められたように嬉しくなって、シルビアは笑みを浮かべた。

「母が宝石箱にしてたんです。入ってたのは、私が川で拾った石だったんですけど。あ、ただの石じゃなくて、緑がかった石で、こう、光にすかすと中に黒い影が……」

身振り手振りで石の素晴らしさを説明していたら、ヴァレリーが小刻みに肩を震わせた。

「ほ、本当です！　お母様は気に入って、その石を首飾りにしたんですから！　私の瞳の色と同じで——」

「でしたら、とてもきれいな石だったんですね」

「そ……そうなの。……とても、きれいで……だから……」

瞳をのぞき込むようにして穏やかに笑うヴァレリーを見て、シルビアは体の奥に甘いうずきを覚えて思わず立ち上がっていた。

「お茶を、淹れます！」

叫ぶなりシルビアは部屋を飛び出した。

心臓が激しく暴れていた。

おかしい。こんなことは、あり得ない。会うたび、言葉を交わすたび、彼を意識してしまう自分に気づかされるなんて。反面、ジョーカーとの行為にも溺れ、体のうずきを止めることができなかった。あまつさえ。

「ヴァレリー様も、意識してしまうなんて」

シルビアは顔をおおってその場にしゃがみ込んでいた。ジョーカーに抱くような情欲を、誠実なヴァレリーにまで抱いてしまった。触れてほしいと思ってしまったのだ。

「やっぱり私、最低だわ……!!」

こんなことでは、愛人として屋敷に乗り込んできたカーラのことをとやかくいえるわけがない。少なくとも彼女は、同時に複数の男性と恋に落ちたりはしなかったのだ。

「ち、違うわ。ヴァレリー様はいい方だけど、好きってわけじゃないわ。ドキドキするのも気になるのも、きっと気のせいよ。これは恋愛感情じゃないの。私が好きなのは……」

「お嬢様？」

途方に暮れているとリズの声が聞こえ、シルビアは慌てて立ち上がる。廊下の向こうから、茶器ののったキッチンワゴンを押してやってくるリズの姿が見えた。

「なにしてらっしゃるんですか？」

「な、なんでもないわ」

シルビアは首を横にふる。

ヴァレリーを意識してしまったのには訳があった。昨日の夜、食事のときにネイビーに問われた言葉が引っかかっているのだ。

「ねえ、リズ。……お父様に、そろそろいい人は見つかったかって訊かれたの」

「いらっしゃるんですか？」

同時に思い浮かんだ二つの顔に、シルビアはやっぱり絶望的な気分になった。

「……いるわ。でも、彼の気持ちを確認したことはないの」

「結婚は互いの意志でするものですからね」

リズはもっともだと言わんばかりにうなずく。これに関しては反論などない。シルビアは重い息を吐き出した。

「心配なさらなくても、お嬢様が相手なら引く手あまたですよ」

「……私の立場を喜んでくださる方じゃないわ」

ジョーカーはシルビアの正体を確認しようともせず、ヴァレリーはつねに一歩身を引いていた。どちらも地位や名誉を気にするようには見えないのだ。そもそもシルビアは二人の男性に同時に惹かれているという状況に混乱していた。

「舞踏会の出席者もだいぶ毛色が変わってきましたし、そろそろ決めどきですよ」

他者との交流を求めて仮面舞踏会に集まってきた人々は、目的を達すればどんどん離れていく。シルビアは、仮面舞踏会の面子の変化に追い詰められるような気分になって肩を落とした。

「そうよね。ちゃんと、決めなきゃ……だめなのよね」

「……ヴァレリー様ですか？」

唐突に名を出され、シルビアが飛び上がる。

「ああ、やっぱりお好きなんですね。……って、舞踏会で会った、あの……なんですっけ。マリーが騒いでた、あの人のこともお好きなんじゃないんですか？　だから舞踏会の途中でいつも一緒に抜け出して……」

「言わないで！　言わなくていいから！」

ジョーカーとともに寝室に入ると、マリーが部屋に誰も近づかないよう配慮してくれる。

彼女もその中でなにがおこなわれているか知っているはずだが、その詳細は、どうやら誰にも言わずにいてくれているらしい。

ありがたいような、申し訳ないような気持ちでいっぱいになる。

「ふらふらしてちゃだめよね」

シルビアは溜息とともに立ち上がり、リズから茶器を受け取った。

「私がお淹れするわ」

「え？　でも……」

「やりたいの」

そうして部屋に戻ると、ヴァレリーはまだくるくると木箱を回して確認していた。指先が箱の上を滑り、注意深く押す。単調な行動を繰り返す彼を見ながらテーブルに茶器を置くと、乾いた音をたてて木箱の一部がずれた。開くのかと期待したが、ヴァレリーは木箱を横に倒し、また指で探り出す。からくり箱は単純で複雑だ。壊すことが前提なら数秒で開き、手順を踏もうと思うととても手間がかかる。

意外なことにヴァレリーは、手間を惜しむそぶりも見せず、それどころか目を輝かせ、うっすらと口元に笑みさえ刻んで箱を回転させる。

まるでおもちゃを前にする少年のようだ。年上の男性なのに夢中で箱をいじる姿がかわいく見え、シルビアはテーブルの脇に座り込んでヴァレリーを見つめた。繊細な動きをする指は、慎重に箱をさぐって一部を少しずつずらしていく。途中で要領がわかったのか動きを速め、シルビアが見つめはじめて五分ほどで箱を開けてしまった。

「すごいわ」

つぶやくとヴァレリーが顔を上げ、意味深な笑みを浮かべてシルビアに箱を差し出した。

箱の中には油紙が入っていた。うながされるまま取り出し、そっと包みを開ける。

「……あ」

包まれていたのは、幼い日に母に贈り物として渡し、首飾りに加工された石だった。懐かしさに思わず涙ぐむと、

「あなたの母上は、きっとそそっかしい人だったんですね」

ヴァレリーは箱の奥をさぐってそんなことを言い出し、紙を一枚取り出す。

「俺の妹も、同じようなことをしました」

受け取って開くと箱の開け方を記した説明書だった。こんなにややこしいからくり箱を、シルビアが自力で開けられるわけがない。それでも〝なくしてはいけない大切なもの〟という判断で箱の中に収められたのだろう。その思いが手に取るようにわかって吹き出し、涙のたまった目をこする。

「本当に、お母様ったら」

そうして顔を上げ、見つめてくる眼差しのあたたかさに言葉を失う。

大切なものを前にするように、ヴァレリーはシルビアを見ていた。その瞳が言葉より雄弁に語りかけてくるようで、胸がぎゅっと締め付けられる。

自分が誰を好きなのか、わからなくなってしまう。

「い、今、お茶を淹れますね。よろしかったらお食事もご一緒に」

動揺を隠すためにシルビアはポットに手をかけた。その指がポットから外れた。

「危ない！」

容器が落ち、熱湯が飛び散る。ヴァレリーの声にけたたましい金属音が重なり、シルビアはたくましい彼の胸にしっかりと抱きとめられていた。

「あ……ありがとうございます」

礼を言って体を起こす。直後、彼の服が濡れていることに気づいて血の気が引いた。

「ふ、服を、脱いでください！　冷やさないと！」

「これくらい、なんともありません」

「ヴァレリー様！」

服から湯気が立っているのを見て悲鳴をあげると、異変に気づいたらしいリズが部屋に飛び込んできた。

「どうされましたか!?」

「ヴァレリー様が、お湯を……!!」

女二人に見つめられては拒絶もできなかったのだろう。ヴァレリーが渋々といった様子で服のボタンに手をかけた。リズはすぐに着替えと冷水を取りに部屋を出て、シルビアだけが祈るようにヴァレリーの動きを見つめる。

「あ、……背中、赤くなってます」

「すぐに引きます。大丈夫ですよ」

涙声になってしまったシルビアをなだめるようにヴァレリーはいつもより少し明るい声で返す。しかし、思った以上に赤い。しばらく冷やし、医者を呼んだ方がいいだろう。

「充分に冷やして、痛みがなくなれば問題ありません」

熱湯を浴びた背中を確認するように体をねじった彼は、いたって平然とそう返す。シルビアはおろおろとしながらも彼の言葉にうなずき――そして。

その脇腹に、見覚えのある傷痕を認めて息を呑んだ。

「あ……」

愛おしくて口づけたその跡を、シルビアが見間違えるはずがない。それはジョーカーの脇腹にあった傷痕とまったく同じものだった。

愕然とするシルビアには気づかずに、ヴァレリーは小走りで部屋に戻ってきたリズを見る。ソファーに寝転ぶよう指示され、赤くなった背中に冷たいタオルを押し当てられた彼は、仕方がないと言わんばかりにされるがままだった。

ジョーカー様。

シルビアはヴァレリーを見つめ、言葉もなくそう呼びかけていた。

◆◇◆

「近々シルビアの婚約発表があるかもしれない」

仮面舞踏会に出るべく身支度を整えたヴァレリーに、メルキオッドが髪を撫でつけながら告げた。教団からの急な呼び出しに、メルキオッドは不機嫌顔だ。

「婚約、発表……？」

黄玉のカフスが指から滑り落ち、床に弾む。動揺のためすぐに動けないヴァレリーをちらりと見て、メルキオッドがカフスを拾い上げた。

「……やはりなにも聞いてないのか」

メルキオッドは、立ち尽くすヴァレリーに近づきカフスをつける。

「ジャルハラール伯爵が、シルビアに想い人がいるようだから話を進めると言ってたんだ。……帰ったら話したいことがある」

ぽんと軽く肩を叩き、メルキオッドがヴァレリーの脇を通りすぎる。音をたてて閉じるドアに、ヴァレリーの体が大きく震えた。

「……っ……！」

シルビアが、他の誰かの腕に抱かれる——願ったはずのその光景を思い浮かべると、息苦しささえ覚えて胸を押さえた。苛立ちと動揺に神経が爛《ただ》れていく。口腔に血の味が広がり、そこでようやくきつく唇を噛みしめていたことに気づく。

「もう少しだ。彼女の婚礼の日に、陵辱してやる……!!」

幸せの絶頂から、不幸のどん底に——ただの火遊びが取り返しのつかない事態に転じれば、彼女をどれほど傷つけることができるだろう。そして、ネイビー・ジャルハラールからすべてを奪う。それこそがヴァレリーの悲願だ。

必死で息を吸い込んで、こわばった体から力を抜く。

すべて、予定通りだ。婚礼の当日、祝福の言葉をかけられると信じ、純白のドレスを着た彼女はヴァレリーの誘いにのるだろう。人気《ひとけ》のない場所に呼び出し、その体を汚してやればいい。彼女の体の奥に欲望を穿《うが》ち、永遠の愛など誓えないことを思い知らせてやるのだ。

ヴァレリーは動揺を振り払い、顔を上げた。

◇◆◇

肌の色が映えるように、シルビアは白いドレスを身につけた。薄い生地を何枚も重ね合わせ、冬にふさわしい雪の精を思わせるドレスだ。首飾りは昼間からくり箱から出てきたものを。髪は高く結い上げ、唇にはうっすらと紅をさし、体の一番深い場所に甘い香りの香油を塗り込める。

そして、背筋をまっすぐに伸ばし、ダンスホールへ向かった。

ダンスホールに集まった人々は秋口に面々が変わったうえに全体的な人数も減り、ずいぶんと閑散とした印象だった。

そんな中でもひときわ華やかな集まりがあった。

「……ジョーカー様」

彼のいる場所にはいつも必ず女たちが集まってくる。若い娘から豊満な肉体の婦人まで、彼と踊りたいがために話しかけるのだ。そして彼は、ときにはすました顔で彼女たちの誘いを断り、あるいは応じ、皆の溜息を誘っていた。

そんな彼の姿を見ると胸の奥がもやもやとし、嫌な気分になってしまう。

「……ジョーカー様だって、他の方と踊ってるのに」

小さく小さく抗議すると、ジョーカーに向かって足早に歩いて行った少女が、ドレスの裾を踏んでよろめいた。あっと誰かが驚きの声をあげたときには、彼女の体は慌てたように身を乗り出す彼の腕の中にすっぽりと収まっていた。

顔を上げた少女が真っ赤になっているのが見えた。

お礼を言っているのだろう少女を彼が気遣っている。それを見て、シルビアはますます嫌な気分になった。それは、危ないところを助けたにもかかわらず嫉妬してしまう自分に対してであり、誰にでも優しい彼に対しての不満である。

そんなふうに思ってしまう自分は、とても小さくて醜い。与えられるものを享受《きょうじゅ》し続けていたころには感じることのなかった感情に愕然とし、とっさに首をふった。

けれどやはり、彼が自分以外の女性と話している姿を見ると気分が悪くなってしまう。

——彼は誰にでも優しいのだろうか。

誰とでも触れ合い、情熱的な口づけを交わすのだろうか。

そして、ベッドであんなことを——。

胸が鋭く痛み、再び首を横にふった。

「花婿選びもそろそろ終盤らしいですね」

ふいに聞こえてきた声に、シルビアは弾かれたように顔を上げる。

やってきたのは侯爵家の放蕩息子だった。片目をつぶる彼は、娼館に足しげく通っている好き者だ。連れているのはやはり侯爵家の息子で、恋人が何人もいると噂の男だった。

シルビアはジョーカーのいる一角を見ないように注意し、彼らに作り笑いを向ける。

「僕を選んでくださったなら、あなただけに尽くすんですが」

「おいおい、冗談はやめてくれ！　君は絶倫だろう！」

「君には負ける。女性をずいぶんと泣かせてるらしいじゃないか」

突然の猥談《わいだん》にシルビアの口元がかすかに引きつった。どうやら酒が回っているらしい。

「あなたも一度試してみてはいかがですか？」

露骨にシルビアを誘う男に、友人が眉をひそめた。

「冗談でもそういうことは言うもんじゃない。誘うときは物陰でひっそりと」

「なんだ、教団が恐ろしいのか。君もずいぶん情けないな」

「その代わり、たっぷりと時間をかけてかわいがってやるさ。望みとあらば夜明けまで」

「好き者め！」

男たちはどっと笑ったが、シルビアにはとても笑えるような内容ではなかった。この場を辞退しようとしたとき、視界の片隅に颯爽と近づく黒い影が見えた。

どきりとして、シルビアは息を詰める。

やってきた人物は、まず男たちに軽く一礼してからシルビアに向き直った。

「なにかお取りしましょうか？」

見知らぬ男たちの前だからなのか、〝ジョーカー〟が珍しく敬語で話しかけてきた。言葉遣いを変えるとどこか硬質だった雰囲気が一転し、礼儀正しい青年の顔が表われる。

「お、お願いします」

シルビアが頼むとジョーカーはうなずく。彼は話の腰を折られ鼻白む男たちにもう一度一礼し、シルビアを守るように誘導した。

――なぜ、気づかなかったのだろう。こうした些細な動きすら、彼生来の心遣いが現われていたというのに。

ジョーカーはフルーツを中心としたごく軽い食べ物を皿にのせ、シルビアに渡した。

一つ二つ口に含み、ちらりと彼の顔を盗み見る。

「ダンスは、よろしかったんですか？」

　おずおずと訊いてしまったのは、先刻までジョーカーを取り囲んでいた女たちが、恨めしそうにシルビアを見ていたからである。選ばれた優越感と、ただの気まぐれで来たのではないかという不安――ジョーカーの真意が摑めず、シルビアは戸惑う。

「別に、パートナーはいくらでもいる。私でなくとも問題ない」

　あっさりとしたものだ。シルビアを助けるために彼女たちを置き去りにして来てくれた、そう思ってしまうのは早計だろうか。ベッドでは愛されていると思えるのに、別の場所で会うとわからなくなる。心が見えないから混乱する。

「いつもより人が少ないな。メルキオッドも急に来られなくなってしまったし……」

　聞こえてきた声に、シルビアは慌ててジョーカーから視線をはずした。

「な、なにかあったんですか？」

「教団からの急な呼び出しだ。直前までは舞踏会に来る気でいたようだが」

　そこまで言って口を閉じる。余計なことをしゃべり過ぎたと思ったのだろう。そんな仕草に小さく笑うと、ジョーカーはシルビアをじっと見つめたあとダンスホールから出て行ってしまった。

　とんっと鼓動が跳ねる。

　彼がどこに向かったのか、そんなことは確認しなくてもわかった。

快楽を教え込まれた体は愛撫に飢え、すぐにでも彼のあとを追いたくなる。実際、触れてもらうため体を清め、彼の目を惹くように着飾っているのだ。

それなのに、ジョーカーがヴァレリーだと知った今、羞恥にさいなまれていた。ヴァレリーにあられもない姿を見られていたのだと思うだけで消えてしまいたくなる。それと同時に、なぜ今まで正体を隠していたのかと抗議したくなった。

シルビアも正体を明かしていない。けれど、珍しい髪色やジャルハラール邸の一室――シルビアの寝室へ自由に出入りできる点から正体には気づいているはずだった。

「あ……遊ばれているのかしら……」

口にしたらぐさりと言葉が胸に突き刺さって気持ちがしぼむ。シルビアはじっと皿の上にのせられた果物を凝視し、テーブルに戻すなり躊躇いながらもダンスホールから出た。

確かめなければならない。彼がなにを考えているのか、どうして正体を隠したままでいるのか。そして、自分を、どう思っているのかも。

シルビアは緊張しながら廊下を進み、足早に階段を駆け上がって奥の寝室へと急いだ。

しかし、たどり着いたものの部屋に入る決心がつかない。

〝ジョーカー〟とさんざん睦み合った部屋にヴァレリーがいる。生真面目で穏やかなその横顔を思うだけで、恥ずかしくて逃げ出したくなってしまう。

ドアノブを握った手を離し、シルビアはくるりと踵を返した。

「や、やっぱり今日はやめましょう」

ドアから離れ、そのまま階段に向かう。だがそこで足が動かなくなる。立ち止まった彼女は唇を噛みしめもう一度ドアに向かい、今度はそこを通り越してまた立ち止まった。

そうしてしばらくドアの前を行ったり来たりし、

「だ、だめだわ。ちゃんと、お話をしなくちゃ」

大きく息を吸い込み、緊張で震える手でドアを開ける。そのとたん、嵐のように強引に、広い胸に抱きしめられた。

「いつまで私を待たせる気だ？」

怒ったような口調で問われ、乱暴に彼の唇で口を塞がれる。

「ん……ん、ん……!!」

これでは答えようがない。抵抗しようと手をつっぱると軽く一つにまとめて摑まれ、舌が口腔をまさぐってきた。逃げ惑うシルビアの舌が擦り上げられ、ぞくりと快楽が背筋を駆け抜ける。彼はシルビアの舌を吸い、深く情熱的に絡め合わせてきた。

「ん……ぁ……ふ……ん、んぁ……」

ぬるぬると舌で刺激され、全身から力が抜ける。角度を変えて、何度も繰り返される口づけから解放されると、もうそれだけで息が乱れていた。

濡れるシルビアの唇を、彼がやんわりと噛む。

「声をかけてきた男がそんなにも気になったのか？　それとも彼らとなにか約束を？」

「ち、違います」

膝を割られて足が強引に開かされる。そのまま秘部を刺激され息があがった。これが本当にあのヴァレリーなのだろうか。言葉遣いも行動も、普段の彼とはあまりに違う。膝で乱暴に股間を擦り上げられあえぐと、再び深く唇が重なって舌を甘く吸い上げられた。

ぞくぞくと、快楽に足が震える。

彼は、崩れ落ちるシルビアを軽々と抱き上げてベッドに運んだ。

「このドレスはなんだ？　こんなに簡単に肌が露出して……君はどれだけ人を惑わせたら気がすむんだ」

不快をあらわに告げた彼がドレスの胸元に指をかけ、ぐっと力を入れた。それだけで生地が肌を擦り、ツンと立ち上がった乳首があらわになってしまう。

「ん……っ！　これは、あなたが、喜ぶかと……」

「私が？　この服を？」

首飾りに合わせて選んだドレスだ。確かに大胆な作りではあるけれど、流行を追ったものでも、挑発的なものでもない。それなのに彼はひどく苛立ったようにシルビアをベッドに押し付け色づく頂に唇を寄せる。きゅっと吸い上げられ、シルビアの体が震えた。

「あ、ぁ……そ、そんなふうに、吸わないで」

強い刺激にたまらず声をあげる。下からすくい上げるように胸を揉まれて息が震えた。指のあいだに挟んだ乳首を小刻みに揺らし、敏感な先端を唇でつまむようにこねられて甘やかな悲鳴が漏れる。

早急にドレスをはぎ取られ、シルビアは慌てた。

「ま、待って、話を……」

「話は、君の体に直接訊いてやる。もうこんなに濡れて……ずっと待ってたのか？」

「やぁ……そこ、急に、したら……あ、ああ……んっ」

指がぬかるむ蜜口にあてがわれ、一気に押し込められた。痛みはない。代わりに体中が痺れたように震え、それが収まると指がゆったりとした抽挿をはじめる。

「誰を思ってこんなになったんだ？」

「あ……あなたを……っ」

水音に羞恥心を煽られ、シルビアは熱に浮かされるように答えた。指が二本に増やされ、奥で折り曲げられ、歓喜に震える蜜壁をひっかくように刺激する。

「――そうだ。君は私のものだ。こうしていいのは、私だけだ」

「ひ……や、も、……お願い……あなた、だけです。あなた、だけですから……ひん……そんな……や……だめ……っ」

指が三本に増やされて膣内《なか》を押し開かれる。わずかな痛みと、それをはるかに凌駕する快楽――蜜はどんどんあふれ、腰が勝手に揺れてしまう。

「ここを、こうされるのが好きだろう？」

花芽を吸われ、腰がはねた。強すぎる刺激に息も吸えずびくびくと震えると、すぐになだめるように舌が花芽を愛撫しはじめる。円を描くように舐めたかと思うと吸いつき、先端を執拗に擦りあげられる。充分に嬲ると指が添えられ、歓喜に震えるそこを優しく剝いた。冷たい空気に触れることさえ刺激になって、体の奥が切なくうずく。

「ジョーカー様……あ……お願い、……もっと……ん、優しく舐めて、くださ……」

「……悪い子だ」

熱い息が吹きかけられてシルビアはあえいだ。露出した陰核はあまりに敏感で、舌が触れるだけで絶頂に押し上げられてしまう。彼はそれを、時間をかけて丹念に舐めていく。シルビアが望むままに。

「ん、はぁ……あ、ああ、あ……ん、ん、っ！」

シルビアは、挿入された指が与える刺激と剝き出しの陰核への刺激で言葉を継ぐことさえできない。彼は舌を離し、指で胎内を嬲りながら手のひらで陰核を気まぐれに擦り上げた。そして、乳首を舌先で転がし乳房を吸い上げ軽く歯をあてる。

「ひっ……ああ！」

何度目かの絶頂にきゅっと彼の指を締め付け、弛緩する。指がゆっくりと抜き去られるその感覚に、敏感になっている体が小刻みに震えた。

「シーア」

かすれた声で名を呼ばれたとき、胸の奥が鋭く痛んだ。

いつも彼に溺れるばかりだった。口づけに酔わされて、愛撫に我を忘れ——本当の名も伏せられたまま、仮面をつけ、偽りの名で情事を重ねてきた。

今も、名前さえ呼んでもらえない。

ダンスホールで彼が他の誰かと一緒にいても我慢できたのは、心のどこかに自分だけが特別なのだという自惚れがあったからに違いない。ベッドで互いを求め合うたび、いつか正体を明かしてくれる、そんな淡い期待があった。

けれど本当は、相手など誰でもよかったのではないか。

ダンスホールで彼を取り囲んだ女たちと同じ、彼にとって自分はたくさんいる女の一人なのではないか——だから、相手の正体などどうでもよかったのだろう。

正体を明かせば、それを合図にこの関係は終わってしまうかもしれない。

「私は、シーアではありません」

体を休めるように隣に寝転んだ彼は、そう告げるシルビアに戸惑ったように押し黙った。

沈黙の重さにあえぐ。けれど、今告げなければと意を決し、体を起こして彼を見おろしながら唇を開いた。

「私は、……私の名前は、シルビア・ジャルハラールです」

彼は息を呑み、その手がゆっくりと持ち上がった。頬を両手で包まれ、シルビアはぎゅっと目をつぶる。指先が離れ、仮面に触れる。

躊躇うような間があった。

胸が張り裂けるのではないかと思うほど心臓が暴れ、呼吸が乱れる。やや間をおいて髪が揺れ、仮面がゆっくりと離れていった。

「……シルビア」

名を呼ばれた。ただそれなのに、体が震えて涙が零れそうになる。

「も……一度、呼んでください」

たくさんいる一人ではなく、自分だけを見てほしかった。

シーアという偽りの名を持つ女ではなく、ありのままの自分に触れてほしかった。

「シルビア」

望むままっすぐ名前を呼んでくれる。それが嬉しくて胸が満たされる。

シルビアはそっと手を伸ばし、彼の頬に触れる。少し冷たくて、なめらかな肌。高い鼻梁をたどり、薄い唇をなぞる。すると、まるで悪戯をするように指先を舐められ、シルビアは吐息を漏らした。濡れた指を滑らせ顎をたどり、喉仏をくすぐって襟元に触れる。

彼が拒絶するそぶりはない。

シルビアは緊張に震える指を彼に悟られないよう、ボタンを一つずつはずしていった。

そして、現われたたくましい肢体に目を奪われる。彼の体はとてもきれいだった。無駄もなく、無理もない。必要に応じてついたのだろう筋肉は官能的で、なめらかな肌はさらさらとして気持ちがいい。愛おしさに口づけると、彼の体がわずかに震えた。

それでも彼はやめろと言わなかった。

シルビアは高ぶる気持ちを抑え、舌先でちろちろとその肌をくすぐる。自分がされて気持ちがよかったことを、彼の体に一つずつ返していくように。

愛撫というにはあまりにつたない。たまに彼が息を詰めるような仕草をするものの、明確な反応がない。不安になって顔を上げると、

「シルビア……っ……」

うめいた彼が詰めていた息を吐き出すようにあえいだ。感じてくれている。ほっとしたシルビアは再び至るところにキスをする。自分とは比べものにならないほど小さな乳首を舌先で転がすと、くすぐったいのか少し身をよじり、すぐに熱い息を吐き出した。

シルビアはうっとりと彼の体をまさぐり、脇腹の傷に舌を這わせる。そして、不自然に隆起した布にこくりと喉を鳴らす。熱が伝わってくるようだ。彼に言われるまま何度も触れ、唇で愛撫したこともある。シルビアが彼の愛撫に強い快楽を覚えるように、彼もそこに触れられれば快楽になる。

シルビアは手を伸ばし、布越しにそれに触れた。

「シルビア、そこは……く……っ」

声が弾む。気持ちがいいのだ。けれどとても窮屈そうでもある。

シルビアは甘く息をつく。

「苦しそうです。今、楽にしますね……?」

「は……っ」

彼が止めるそぶりをした。だが、かまわずに手を滑り込ませて直接触れ、しっとりと汗ばむそれを取り出した。隆起したものは大きくて、少し怖い。だが、触れることで得られる快楽は、きっとシルビアの感じるものと同じなのだろう。

だから、躊躇いを捨てて口づける。

むっとする雄のにおいにさえ胸を疼かせ、彼が一番気持ちがよくなれるように舌と指で奉仕する。彼のあえぎ声が耳に届くとそれだけで興奮し、体の奥がきゅっと絞られた。

「……シルビア……ん……」

先端を吸うと、彼の腰が震えた。

「気持ちがいいですか……？」

唾液と先走りの液で濡れたものを手でしごきながら尋ねる。どくどくと脈打つ様が淫猥で、まるで別の生き物のようにさえ見える。けれど同時に愛おしく、口腔深くに導いて舌を絡めた。

「っ……ああ、そうだ……もっと舌を使って」

荒い息とともに命じられ、それに従うとじんじんと体の奥が痺れた。

今、この人は、自分だけのもの。熱い眼差しも荒い息も、快楽を求めるその心も、なにもかもすべてがシルビア自身に向かっている。

「ジョーカー様」

最後に一つだけ、彼がくれなかったものがある。

シルビアは羞恥に全身を赤く染めながら腰を上げ、彼のものを支え持つ。鼓動が乱れ、視界が涙で潤む。

「ん……っ」

少しだけ腰を落とすと、粘ついた音をたて彼のものがシルビアの蜜口に触れる。しかし、それ以上腰を落とすことができず、シルビアはじれたように腰を前後に揺らめかせた。

濡れた音が幾度も繰り返され、鼓動ばかりが速くなる。

「……シルビア」

ふいに彼の手がシルビアの腰を摑んだ。刹那、ぐいっと腰を引き寄せられた。

「ひ……あ、ああ……！」

鈍い痛みとともに体が押し開かれ、シルビアは悲鳴をあげた。ぐ、ぐっと腰を押し付けられ、待ち焦がれた熱が与える苦痛にあえぐ。彼は軽々と上体を起こし、シルビアの体を支えるなりゆっくりとベッドに横たえさせ覆いかぶさってきた。

「ん、……あ、ふ……あ、あ」

抜けかけた陰茎で狭い肉壁を再び押し開かれると、痛み以上に強い刺激に襲われてシルビアは体をのけぞらせた。情事のたびに舌と指で充分に愛されてきた場所は、与えられる熱をすぐに快楽と受け取って無意識に締め付ける。

「そんなにも私がほしかったのか……？」

甘い声で問われると、それがじかに体の奥に伝わってきた。

「ほしかった、です。……ん、ずっと、あなたが……あ、あ……熱い……」

小刻みに奥を突かれ、がくがくと腰が震えた。息がうまく吸えない。吐き出す息が嬌声に変わり、もっと、もっと、そうせがんでしまう。

彼がまっすぐシルビアを見つめ、欲望のまま深く穿ってくれる。粘着質な濡れた音が、奥をさぐるように突かれるたびに繰り返される。

「あ……や、もう……変に、なります」

ずるりと抜かれた猛りが、間をおかず少し乱暴に押し込まれる。痛みと、快楽。びりびりと背筋が痺れ、体がのけぞる。耳を塞ぎたくなるような粘つく音が卑猥に繰り返され、シルビアはとろけるような悲鳴をあげる。

「あ、あ……！　や、そんなに、奥まで……ひ、んん」

「ふ……っ……ああ、すごい」

鳶色の瞳が情欲に染まる。体を揺さぶられ、シルビアはベッドの上で激しく乱れた。すくうように乳房を揉まれ先端をつままれると、蜜壁が暴れ回る彼に絡みつく。

「……くっ……シルビア……痛く、ないか？」

「は、い……あなたが、たくさん……ん……触ってくれたから。あ、ああ……っ」

恥ずかしくなるくらいきゅうきゅう締め付けると、苦しげに眉根を寄せた彼はいったん動きを止めた。そして、快楽をやり過ごすと深くゆるやかに腰を打ち付けてくる。

繰り返し最奥に熱を穿たれ、シルビアは目もくらむような快楽に背を弓なりに反らせた。彼はそれを押さえつけ、ずるりと己を引き抜いた。

「や……っ」

喪失感に悲鳴をあげた直後、なだめるように突き上げられる。びくびくと震えるシルビアを気遣うように——あるいは追い詰めるように、彼はいったん動きを止め、ぐっぐっと、リズミカルに最奥を突く。

「あ、あ……そんなに深く……したら……ぁん、あ……!!」

腰を密着させてさらに奥を刺激され、シルビアは悲鳴をあげる。

「シルビア……気持ち、いいのか？　絡みついて……ああ、たまらない……っ」

「いい、です。ああ……も、……だめぇ……」

「……っ……」

助けを求めるように手を伸ばすと彼が摑んでくれた。指が絡まり、シーツに押しつけられる。シルビアの体を慣らすように繰り返されたゆるやかな抽挿は、切迫したあえぎ声とともに速度を上げていく。

「あ、ああ、あ……ふ、ああ！　あん！　あ！　はぁ、あ、あ！」

皮膚と皮膚がぶつかる音と淫猥な水音、さらに互いの荒い息が混じり合い激しさを増す。互いの舌が絡まり乱暴に吸われる。ずんっと腰の奥で快楽が蠢き、それが陰茎でぐちゃぐちゃにかき混ぜられる。

シーツに押さえつけられ、激しく揺さぶられて目がくらむ。

口づけを求めて伸ばされた指先が大きく上下に揺れ、彼の仮面に触れた。

「あ……っ」

ひときわ深く突き上げられると彼の仮面がずれた。

「……ヴァレリー様！　ふ……ぁあ、……あ……んっ」

名を呼ばれ、彼ははっとしたように動きを止め、仮面に触れる。

仮面はすぐに直された。

「……様……あ、ん……お願い、早く……！」

動きを止めた彼を、シルビアの蜜壁が痙攣するように幾度もひくひくと締め付ける。そのたびに彼の存在が生々しく感じられ、シルビアは小さく悲鳴をあげた。助けを求めるように手を伸ばす。その手を見つめ、ヴァレリーはもう一度仮面に触れた。

そして、仮面を取り払う。

ヴァレリーの瞳は情欲に濡れていた。彼はシルビアの手に指を絡め、まっすぐ見つめ返して来た。

それだけで、心も体も満たされ、胸が痛くなる。

「シルビア」

呼び声に応えるようにまた彼を締め付けてしまった。

「あ……ふ、ん……っ」

あえぐ唇を塞がれ、舌が絡みつく。甘く激しく唇を求められると同時に抽挿が再開され、くぐもった声が鼻から抜ける。

「シルビア」

唇が離れ、執拗に奥を穿たれ、熱に浮かされたように名を呼ばれる。シルビアはヴァレリーを締め付け、腰に響くような快感にあえぐ。それは彼にも強い刺激になったようで、苦しげに眉根を寄せ、今度は少し乱暴に口づけてきた。

舌を絡め合ったまま抽挿が激しさを増す。

「ん、ん……ふ……は……ぁん、あ……！」

快楽を求めて中を擦り上げられ、シルビアは必死になってヴァレリーにしがみついた。

気持ちいいところを何度も突き上げられる。敏感になった乳房を少し乱暴に揉まれ、大きく腰がはねた。

「も、だめ……苦し……っ」

「ああ、俺もだ……シルビア」

速い抽挿がリズムを崩す。ぐっと奥を求められて子宮口を擦り上げられた直後、シルビアは何度目かの絶頂に押し上げられた。硬直した体がヴァレリーのものを絞るように締め付けると、彼もまた、ぐっとシルビアに腰を打ち付けその中に精を放っていた。

どくどくと脈打つその感覚に、シルビアの体がぶるりと震える。

それと同時にめまいがするほどの幸福感に包まれた。

最奥にそそぎ込み、弛緩したヴァレリーの体がシルビアの上に重なる。心地よい重みにうっとりとしながら汗ばむ体を抱きしめ、シルビアは彼の髪や額に唇を押し当てる。

愛されていると感じることができた。ダンスホールで抱いた不安など欠片もなく、シルビアは満たされた息をつく。

「ヴァレリー様」

そっと呼びかけると彼の体がぴくりと揺れた。

「お父様と、会っていただけますか？　け……結婚の、許しを……」

彼のものはまだシルビアの中に収められたままだ。しかも、一度解放されたとはいえ、まだ充分に硬度を残している。なるべくそれを意識しないように話しかけると、彼が身じろいだ拍子に中を擦られ、小さな悲鳴が漏れてしまった。反射的に締め付けると彼のものがわずかに力を取り戻す。際限ない快楽を予期した体がうずくのに気づき、シルビアは上気した肌をさらに赤らめた。

「……結婚の、許し？　どういうことだ？」

問う声が体の奥から響く。敏感な蜜壁が彼を深く導こうと蠢くのを止められず、シルビアの唇から小さなあえぎ声が零れる。

「んっ……ヴァレリー様……？」

「君が好きなのは俺じゃない。……別の、男なんじゃないのか？」

戸惑うような声だ。シルビアは驚いて目を見開く。好きでもない人とこんなことができるはずがない。少なくともシルビアは、相手がジョーカーだから――ヴァレリーだから、部屋に招いて体を預けたのだ。

「私が好きなのは、あなたです」

ぴくりとヴァレリーの肩が震えた。ひどく動揺しているように見えたのは気のせいだったのか、奇妙な沈黙が降りてきて、シルビアは息苦しさを覚えてあえぐ。

「ど……どうしたんですか？」

「私は、名を持たぬ者だ」

ふいに、突き放すような声が聞こえてシルビアはヴァレリーのつむじを見た。

もう仮面はないというのに、その口調はジョーカーのものだった。

「ヴァレリー様？」

「君とはただの遊びだ。少し予定が狂っただけで——歩く道が、もともと違う」

頭から冷水を浴びせられたようにシルビアは愕然とする。

「……そんな」

「君だって、本当は快楽を与えてくれる相手なら誰でもいいのだろう？　私でなくとも、別の男に組み敷かれても——きっと、受け入れる」

「そんなことはありません！」

思いがけない言葉にシルビアは悲鳴をあげた。誰でもいいだなんて思わない。彼以外の男性とこんなことをするくらいなら、舌を噛んでしまったほうがよほどましだ。

好きだから触れてほしかった。

好きだから、触れたかった。

快楽に溺れたのは、相手が彼だったからだ。

「ヴァレリー様以外の男性なんて……絶対に、そんなことありません」

「あるんだよ」

ぐっと腰を入れられ、強い刺激にシルビアはのけぞった。

「や……っ」

「今日、はじめて男を受け入れたにしては具合がいい。君はもともと……淫乱な体だったんだ。だから男が寄ってくる。君もそれを受け入れた」

「違いま……あ、あ、や……動かないで……やあ……っ」

顔を伏せたまま、ヴァレリーは少しずつ硬くなるものをとろけきったシルビアの中で動かす。敏感になった体は甘い責め苦を受け入れて、新たな蜜をしたたらせてヴァレリーのものを締め付けた。

「ほら、どうだ？　こんな体で……言い訳なんて、できないだろう」

「違いま……ひ、んっ……待って、くださ……あ、あ、あ」

「ここが、よかったんだったな……？」

「やめ……あ、ふ……ヴァレリー様……あ、お願い……！」

敏感な部分をぐりぐりと突き上げられ、抗議の声が甘やかな悲鳴に変わる。

灼熱の楔《くさび》を穿たれ首筋をきつく吸われると体が震えた。苛立ちを叩きつけるようにヴァレリーはシルビアの腰に己の腰を打ち付け、深く中をえぐる。

「お願いです、も、やめて、くださ……っ」

訴えても抽挿は止まらない。まるでシルビアの言葉を封じようとでもいうように敏感な部分を幾度も擦り上げ、抉《くじ》り、苦痛に似た快楽を強要する。

それでもシルビアは何度も抵抗し、それ以上に強引に突き上げられた。

「君はなにも知らないんだ。なにも知らないから……!!」

悲痛な声をあげ、ヴァレリーが顔を上げる。悲しげに歪んだ顔は、泣いていないのが不思議なほどだった。

腰がぐっと引かれ、喪失感に肌が粟立つ。

「そんなに、残酷なことが言える」

絶望するように訴えたヴァレリーは、再び乱暴にシルビアの中に分け入った。

一方的に快楽を引きずり出されたシルビアの体は、彼女の意思に関係なくびくびくと震えた。直前の、心も体も満たしてくれるような交わりとはまるで違っていた。

彼はシルビアをベッドに押さえつけ、その中を穿つ。

「や、もう……許し……あ、だめ……ヴァレリー様……あ、あ……ひぃ」

心と体がばらばらで、苦しさに涙が零れた。シルビアはヴァレリーから逃げようとした。

けれど彼はそれを許さず、いっそう淫らに彼女の中を蹂躙していく。

「あ……いや、もう……お願い……ふ……苦し……あ……ああ!!」

「気持ちがいいんだろう？　本当は、こうしてほしかったんだ」

「ちが……ヴァレリー様、ヴァレリー様……!!　これ以上は……あ、ふ……んっ」

強く中を擦りあげられ、シルビアは絶頂へと追いやられた。体が震え、ヴァレリーが達したことを感じ取るとせがむように蜜壁が彼を締め付けてしまう。

「ふっ、ゃあああっ！」

「どんなふうに抱かれてもいってしまう。ほら、もっとたくさんほしいか？」

萎えたものをぐいぐいと動かされてシルビアは頭《かぶり》をふった。

感じているのは相手がヴァレリーだからだ。正体がわからなかったときですら、シルビアは彼を見つめ、彼だけを求めてきた。

愛おしいという気持ちは偽りではないのに。

「ヴァレリー様……も、やめて……は、なし、……を……ひんっ」

充血した花芽をそっと指で転がされ、いっそう高い声が漏れた。シルビアはこれ以上快楽に流されてしまわないよう、ヴァレリーの体を必死で押し戻す。

ヴァレリーは苦しげに眉根を寄せる。そして、抵抗するシルビアを見つめ、小さく息を吐き出してシルビアの中から己を引き抜いた。

体が大きく震えてしまったのは、満たしてくれていた彼が出て行ったことによる喪失感と、たっぷりとそそがれた精が原因だろう。激しい抽挿に赤くふっくらと充血した秘部は物欲しそうにひくつき、そこから破瓜《はか》のわずかな血と、蜜と白濁とした液が混じり合ったものがとろりと零れ落ちた。

シルビアは乱れた息を整えながら体を起こし、愛欲に濡れそぼる秘部に赤くなってシーツをたぐり寄せた。ベッドから下りたヴァレリーは、そんなシルビアに背を向け、床に落ちていた服を拾い上げて次々と身につけていく。

「あ……あの、ヴァレリー様……」

背には強い拒絶がにじんでいた。それでも、声をかけずにはいられなかった。このまま別れてしまったら、彼には二度と会えないような気がしたのだ。

「ヴァレリー様」

声を絞り出す。

それでも彼はシルビアを振り向こうともしない。

「あ……」

気のせいだとは、思いたくなかった。言葉こそなかったけれど、愛されているのだと感じることができた。それがシルビアの思い過ごしだなんて――。

　ぼろりと零れ落ちた涙を、シルビアは慌ててぬぐった。

　認めてしまったらこの関係が終わってしまう。それはもう、予感ではなく確信――シルビアはガタガタと震えながら、自らの肩を抱きしめて必死で涙をこらえた。

　わななく唇で息を吸い込む。

「ヴァレリー様」

　もう一度呼びかけたとき、シルビアは外が騒がしいことに気づいた。

　シルビアの部屋は屋敷の中でも奥にあり、来客があっても騒がしいことなど滅多にない。こんなふうに人の声が聞こえてくることなど今までになかった。

「……なんだ……？」

　仮面を拾い上げて装着したヴァレリーは、怪訝な顔でドアを見る。ダンスホールでなにかあったのかもしれない。シーツを引きずりながらベッドから下りたシルビアは、鈍い痛みと同時に内股を伝う生々しい感触にかくりと膝から崩れ落ちた。

　その体を、ヴァレリーが慌てて抱きとめる。

「あ……ありがとうございます」

　気遣うように触れた彼は、シルビアの礼には答えずすぐに体を離した。

無言の拒絶に胸がまた鈍く痛み、目尻に涙がにじむ。だが、感傷に浸る間もなく慌ただしい足音が廊下から聞こえ、シルビアの体が大きく揺れる。

ドアノブがガタガタと揺れ、鍵かかかっていると知るやいなや、不作法なほど激しく叩かれた。

「ここを開けてください！　我々は警邏隊です！　ここを開けてください‼」

警邏隊は町の治安を司る。しかし、犯罪がらみでない限りは滅多に動かない。ましてや他人の屋敷に乗り込んでくるなど、よほど事件性がなければあり得ない。

「おい、鍵はないのか⁉」

「あ、ありません。そ、そこは、お嬢様の部屋です。乱暴は、どうか、乱暴なことは、おやめください……‼」

怒鳴り声に応えたのはマリーの震える声だった。警邏隊は何人かいるようで、ドアの向こうがざわめいていた。

「仕方がない、破るぞ」

男の宣言にシルビアはシーツをかき抱いた。一体なにが起こっているのか、早急に事態が変化している。どうしていいのかわからず混乱して立ち尽くしていたシルビアは、かばうように前に立ったヴァレリーを見てきゅっと唇を噛んだ。

守ろうとしてくれている。言葉で拒絶しながら、それでも。

「ヴァレリー様、こちらに」

シルビアはヴァレリーの手を取り、ベッドの奥にある窓に移動する。そして、ドアが音をたてて激しく揺れるのに体をこわばらせながら窓の鍵を開けた。遠くにちらほらと明かりが見える。舞踏会の客なら外をうろつくはずはない。異常事態であることを確信し、窓を大きく広げるなりヴァレリーを見た。

「まっすぐ行けば洗濯場の屋根に行けます。この時間なら、まだ人はいないと思います」

「……なぜ」

愕然と問うヴァレリーにシルビアは笑みを返し、その肩をそっと押す。外でなにが起こっているかはわからない。それでも、彼はここにいないほうがいいことだけははっきりとわかる。

姦淫が罪ならば、彼もまた罰せられてしまうかもしれないから。

「洗濯場から通用口に行けば、外へ出られます」

「君は」

「私の足では行けません」

今も立っているのがやっとというほど膝が笑っていた。これでは簡単に足を踏み外し、転落してしまうだろう。大理石に叩きつけられれば無事ではすまされない。

「だったら……」

ヴァレリーが両手を差し出した。来い、と、そう言ってくれているのだ。人一人がやっと通れる幅しかない場所を、彼はシルビアを抱きかかえていこうとしている。

こんなときなのに、それがとても嬉しかった。

「私はここに残ります。ヴァレリー様だけ、行ってください」

懇願するとヴァレリーは躊躇うようにドアを見た。シルビアがうなずくと苦痛をこらえるように口元をゆがめ、深く息を吐き出してから窓の外へ出た。

彼は、シルビアの身を案じるように何度も振り返った。そんな彼になんとか微笑みを向け、彼が遠ざかるのを見送ってから窓を閉じベッドに戻る。

せめてドレスを着る時間があったなら――。

体を清め、窓を開け放ち空気を入れ換えるだけの時間があったなら。

ゆがむ蝶番《ちょうつがい》の隙間から警邏隊の姿を認め、シルビアはぎゅっとシーツを抱きしめる。

間をおかずして、数人の警邏兵たちが部屋の中になだれ込んできた。

第四章　絞首台の少女

　どこをどう歩いてバーグリー邸にたどり着いたのか、ヴァレリーはよくわからなかった。

町中は蜂の巣をつついたような騒ぎで至るところに警邏兵が立ち、交通を規制していた。

騒ぎの中心は、先刻までヴァレリーがいたジャルハラール邸だった。

「ヴァレリー!?　よく無事で戻ってきた……!!」

外套《がいとう》を引っかけて今まさに外出するという格好のメルキオッドは、玄関先で青ざめたまま立ち尽くすヴァレリーを慌てて応接室に引きずり込み、侍女に普段着と紅茶を用意させて額の汗をぬぐった。

「……ジャルハラール邸が……シルビアが……」

「話はあとだ。とにかく着替えろ」

「だが、シルビアはまだジャルハラール邸にいるんだ！」

「いいから落ち着け！」

鋭く言ったメルキオッドは、ヴァレリーが握っていた仮面を乱暴に奪い取り、侍女が持ってきた服を押しつけた。着替えるまで話は聞かないとがんとした態度を崩さぬメルキオッドを見て、ヴァレリーは苛立ちのまま仮面舞踏会用の服を脱ぎ捨て、仕立てはいいが質素な色調の服を身につける。

脱ぎ捨てた服はすぐに侍女がどこかへ持ち去ってしまった。

「座りたまえ。そして、お茶を飲むんだ」

「そんなことをしてる場合じゃ……」

「そんなことをしなきゃいけない場合なんだよ。いいか、君は今夜はどこにも行かなかった。商談から帰って疲れ果てている僕に付き合わされて渋々お茶を飲んでいたんだ」

「な……なにを、言ってるんだ……？」

「言葉通りだ。呑み込め」

「……俺は、ジャルハラール邸の仮面舞踏会に一人で向かって、そこで、シルビアと」

「違うと言ってるだろ！　御者のロブはぼんやりしてて、お前が乗り込んだと思って馬車を走らせたんだ！　まったく、最近の彼には困ったものだ！」

「メルキオッド！」

「――ヴァレリー、敬語を忘れているよ」

低い声で威嚇するように言われ、ヴァレリーは口を閉じた。状況なんて、何一つわからない。ただ、いまはシルビアがジャルハラール邸にいて、きっととても心細く恐ろしい目に遭っていて――早く、彼女の元に戻らなければと。

「……戻ってどうする？　彼女とは、相容れない」

シルビアは、家族の仇であるネイビー・ジャルハラールの娘で憎悪すべき相手だ。淫らな彼女に流されタイミングが大幅にずれたとはいえ、計画通り乱暴に扱い、突き放してやった。思い描いていた通りだ。それなのに、別れ際の彼女の顔が脳裏をちらつく。心が揺さぶられ、言われるまま自分だけが逃げ出してしまったことに激しく後悔した。

ヴァレリーは動揺に震える拳をあいた手でぐっと押さえつけた。

屋敷に戻ろうとソファーから腰を浮かせたとき、ドアが静かにノックされた。

メルキオッドが紅茶を一口飲んでカップをソーサーに戻すあいだにドアが開く。侍女に案内され、警邏兵が二人、急ぎ足で入ってきた。

いかめしい男たちにヴァレリーの体がこわばった。

「夜分に申し訳ありません。……今日は、ずっとこちらに？」

不躾な質問にメルキオッドはいつも通り軽い調子でうなずいた。

「ああ。でも夕方は急な仕事が入って外出してた。金が必要な人間というのはせっかちでいけない。帰ってからは家にいたけど……なにかあったのか？　外がずいぶん騒がしい」

「……バーグリー男爵は、ジャルハラール邸の舞踏会にはお出にならなかったので？」

「仮面舞踏会かい？　豊穣祭の直後にしばらく出てたよ。伯爵の開く舞踏会は顔ぶれが豪華でね。断ると僕が損をする」

そう笑ってカップごとソーサーを持ち上げ、紅茶を一口含む。優雅な仕草は生まれながらの貴族のようで、ヴァレリーよりよほどさまになっていた。

メルキオッドはソーサーにカップを戻し、「それがなにか？」と小首をかしげる。

「え……いいえ……」

口ごもった警邏兵はちらりとヴァレリーを見た。

「ああ、彼には構わないでやってくれ。さっきも警邏兵が来て、ずいぶん強引に詰問していったんだ。善良な彼は、この通りすっかり怯えてしまって」

「え……われわれの他にも？」

「まさか同じ用件だとは思わなくて手間を取らせてしまったようだ。……彼らはなにも教えてくれなかったんだけど、君たちは説明をしてくれるのかな。ああ、紅茶もまだだったたか。フロイラ！　お客様に紅茶をお出ししてくれ！　なにか軽くつまむものも……」

「い、いえ、われわれは仕事がありますので」

「一杯くらいいいじゃないか。あ、そうか。果実酒のほうがいいね。今年はできがよかったし……すまない、気が利かなくて。フロイラ！　果実酒を——」

「本当に結構です！」

　警邏兵は二人して首を横にふり、大慌てで部屋を出て行った。呼ばれたフロイラと鉢合わせしたらしくしばらく廊下から話し声が聞こえたが、それもじきになくなり、外の騒ぎだけがわずかに部屋の中へ忍び込んできた。

「いったい、これは……」

　わざとらしいほどの引き留めの言葉は、逆に時間を惜しむ者を追い立てるための効率的な方法でもある。警邏兵から話が聞けなくても残念がるそぶりさえ見せないメルキオッドの様子から、紅茶を前に腰かけるこの姿勢すら演技の一環なのだと悟った。

「なにか知ってるんですか？」

　ヴァレリーの質問にメルキオッドは笑みを引っ込め、カップをソーサーごとテーブルに戻してソファーに沈み込むように体を預けた。指を組み、しばらく戯れるように指を動かす。それは彼が学生の頃、切り出しにくい話を口にするときのくせだった。

「教団が動いた」

ぽつりとメルキオッドが告げた。

「教団……？　動いた、というのは」

「言っただろう。大幹部の放蕩で、内部がかなりまずいことになってるって。どうやら教団の金にも手をつけ、投資に失敗して巨額の負債をかかえているらしい」

「……なんの冗談ですか？」

「そうだな。あまりに馬鹿馬鹿しい話だ。僕もこの耳で聞いたというのにいまだにたちの悪い冗談だったんじゃないかと思ってしまう。だが、残念なことに事実だ。それをもみ消そうと国が動き、さらに状況が悪化した」

「……国税を使うと言っていましたが……」

メルキオッドが反対していたことを思い出して言うと、彼は複雑な表情で息をついた。

「彼らはその前に、巨額の負債を効率よく穴埋めする方法に気づいたんだ」

「国税以外で？　そんな金がどこにあったんですか？」

「それが今回の事件の発端だ」

事件とは、ジャルハラール邸に警邏隊が来たことをさすのだろう。負債の穴埋めと聞いて、ひどく嫌な予感がした。

「……まさか」

「実際に、〝彼〟を煙たがっていた人間はいたんだ。国一つを易々と動かす財力はつねに懸念材料だった。僕はそれに魅力を感じ懇意になろうとしたけれど、恐ろしいと思う人間がいたことも事実だ。なにかの拍子にそれを取り上げられるなら、幸いと考える者も多かっただろう。それで……はめられた、と言うべきかな。仮面舞踏会を利用された」

今メルキオッドが話しているのはすべてジャルハラール伯爵の、あの大邸宅にまつわる話だ。いつの間にかすっかり面子の変わっていた舞踏会、押しかける警邏隊、そして、青ざめるシルビアの顔。それらが細切れに脳裏によみがえった。

「普通ならいかがわしくとも舞踏会ごときで警邏隊が動くことはないんだが、舞踏会の規模、その影響力を考慮して悪質と判断し検挙に踏み切った。……と、いう筋書きだ」

「筋書き？」

「全部仕掛けられたものだから。教団の負債を帳消しにするために伯爵の財産に目をつけたんだ。今日、舞踏会に行った人間も罪に問われるだろう。……僕はまだ利用できると判断されたのか直前に呼び出された。たいした用事でもなかったからおかしいと思って調べてみたらこの有様だ。……とりあえず、君が巻き込まれなくてよかった」

ヴァレリーを迎えに行こうとしたときに、運良く帰ってきたということらしい。

「……ジャルハラール伯爵は、すべてを失うのか？」

「ああ。適当な理由を捏造《ねつぞう》して財産は没収ってことになるだろう。残念ながら、もともとそこが狙いだから」

では、経緯こそ違うがヴァレリーの望んだ形になるということだ。家も名も失い、平穏な家庭もなくし、ネイビー・ジャルハラールは不幸のどん底に突き落とされる。

「……なんだろう」

少しも嬉しくなかった。胸がすくことも、充足感も、微塵も感じなかった。ただシルビアの顔ばかりが繰り返し思い浮かび、ジャルハラール邸のことが気になって仕方がない。心を半分どこかに置き忘れてしまったかのようだった。

頭がガンガンと痛む。知らず、指先が白くなるほど握りしめていた。

バーグリー邸は高い塀に囲まれているため外の様子はわからない。それでも光が何度か行き来するのがわかる。ヴァレリーがそれを呆然と見ていると、それに気づいていないメルキオッドがぬるくなった紅茶を飲みながら溜息をついた。

「ただ僕は、このままジャルハラール伯爵がおとしめられるのを見ているのが癪《しゃく》なんだ。国と教団に財産を巻き上げられたら僕の利益にはならない。僕としては、せっかく時間を割いて交流し親交を深めたのだから相応の見返りがほしい」

「……伯爵を、助けると……？」

「ここで恩を売るというのも悪くないだろ？」

大胆不敵な発想にヴァレリーは安堵し、直後に絶句した。ネイビー・ジャルハラールのことを知ってから、ヴァレリーは復讐ばかりを思い描いてきた。それなのに、今は彼の娘であるシルビアの身を案じているのだ。おとしめようとしていた彼女の心配を。

ひどい矛盾にぐっと唇を噛みしめると、メルキオッドが微苦笑した。

「心配しなくとも、シルビアはすぐにでも解放されるだろう。財産は譲渡されてない。彼女を捕まえておく価値はないよ」

メルキオッドの言葉にこわばっていた体から力が抜けた。

けれど、違っていた。

シルビアが絞首台に送られることが発表されたのは、次の日の朝だった。

◇◆◇

粗末な服を着せられて、シルビアは汚臭《おしゅう》が立ちこめる牢に入れられた。

薄汚れたシーツをしかれた硬いベッドの上で膝をかかえて丸くなり、きつく目を閉じる。

――警邏隊に捕まってから教団に連行されたシルビアは、そこで体の中に残ったものをすべて掻き出された。羞恥以上に絶望が大きかった。ヴァレリーが残してくれたもの――それは彼女にとって、ひとときでも彼に愛された証だったのだ。

未婚女性の淫行は罪である。相手の名を何度も問われた。答えれば罪は軽くなると耳打ちされたが、決してヴァレリーの名は出さなかった。

そして彼女は投獄される。町の北に位置する刑務所に。

そこは、個室と軽犯罪者用の大部屋とに分かれ、独房数が二百をゆうに超えるコルバ有数の刑務所である。男性囚人が西側、女性囚人は東側に配され、建物は比較的新しく、簡易の裁判もでき二十日に一回面接も可能だった。

シルビアは、堅牢な収容所の一画、牢が二十部屋あるうちの一室に入れられていた。

「この女か？　舞踏会で男を漁《あさ》ってたっていう淫乱は？」

看守が交代の折、じっと動かないシルビアを見て卑下《ひげ》た笑いとともに問いかけた。

「おい！　咥《くわ》えたら毛布の一枚も差し入れてやるぞ」

「やめとけ。その女、ちっとも動かないんだ。反応がないんじゃおもしろくねえ」

「けっ。高級娼婦のまねごとかよ」

「ジャルハラール伯爵の娘らしいぞ」

「……ジャルハラールって……それ、昨日捕まったっていう、あれか？」

「こうなったら終わりだな」

足音が一つ遠ざかっていく。もう一つは牢の前にとどまり、ごそごそと動く。どうやら牢の中をのぞき込んでいるらしい。シルビアは凍える体を抱きしめて、変わらずぎゅっと目を閉じ続けた。

「はあ……伯爵令嬢ってやつか。きれいなドレスを着て、うまいもん食って、何一つ不自由なく育ってきた女か。世間ってものを知らねえからこんなことになっちまうんだろうなあ。ざまあねえなあ」

「おい、エリック！　なにしてるんだ!?」

「なにって、気になるだろ。こいつ、絞首刑になるって噂なんだぞ」

牢の前にとどまった看守の声にシルビアは目を大きく見開いた。絞首刑――シルビアは一度も見たことはないが、町の片隅に絞首台が用意され、頭から袋をかぶせられて首に縄がかけられるらしい。そして、足下の板が取り払われれば体が下に落ち、首が絞まる。

凶悪犯におこなわれる極刑の一つだ。

「は!?　絞首刑!?　待て待て、姦淫だろ？　なんで絞首刑!?」

「密告があったんだよ。以前にも伯爵が、姦淫で親子を死に追いやってたって」

「姦淫っていうと……まさか、強姦か？」

思いがけない言葉にシルビアは息を呑む。父は穏やかな性格で、母が生きていた頃は母一筋で——病気で短い人生に幕を下ろしてからは、ショックで寝込むほどだった。半年ほどは幽鬼のようにふらふらと母を捜して歩き回り、それが無駄と知ると酒に溺れた。今でこそ落ち着いたが、母と少しでも面影が似ている女性に会うとひどく思い入れるときがあり、周りを困惑させることも多かった。

それほど一途に母を愛していた父が、女を力尽くで傷つけるなど考えられなかった。

「かわいそうに娘はまだ十六歳で、結婚を控えてたって話だ。婚約者に申し訳が立たなかったんだろうなあ。自殺して、同じように犯された母親も罪の意識にたえきれずに後を追うように死んじまったって。その家は、父親も病気になって」

「それは……ずいぶん、悲惨だな」

「ああ、悲惨さ。結局その父親ってのも死んじまったらしいからな。罪家《ざいか》になって、跡取りは家も家族も失って独りぼっちさ」

「お父様がそんなことをするはずがありません！」

シルビアは上体を起こし、とっさに抗議の声をあげる。看守は牢内のシルビアを軽蔑するように一瞥した。

「跡取りってのが、何通も嘆願書だか抗議文だかを送ってきてたんだよ。今回、ジャルハラール邸に警邏隊が入ったのだって、その手紙がきっかけって噂なんだからな」

「そんな……」

「三年前に一家をぼろぼろにしたような男だ。今だって同じことをしてるに決まってる。実際にしてたんだ。言い訳なんてできるわけがねえ」

「……三年前？」

母が死んで、父の様子がおかしくなった頃だ。

確か一度、二週間ほど姿を消したことがあった。遠乗りに出かけると珍しくしっかりした口調で言って、数日たっても連絡一つよこさない父を心配して使用人たちが捜しに出て——執事の一人が、高熱にうなされる父とともに帰ってきた。

うつろな目で母の名を呼び、ひどく暴れた父。その鬼気迫る姿に誰もが混乱した。

動揺に体が震え、シルビアは手で口を押さえた。

あの頃の父ならなにをしてもおかしくない、そう思ってしまったのだ。

「バスク家っていえば東じゃ名主だ。亡くなった父親ってのは堅実で領民にも愛されてた。跡取りが領主になれば同じように堅実な名主になってただろうって、今でも惜しむ声が多いって話だ」

「はあ……そりゃ、ますます酷な話だな。で、その跡取りってのは、今どこに？」

「さあねえ。しばらくは母方の実家に身を寄せて、ずいぶんすさんだ生活してたとか聞いたが……」

同情をにじませ、看守は牢から離れる。

「ヴァレリー・ホープスキン。そういえば、秋口にまた抗議文が来たって聞いたな。この町のどこかにいるかもしれん」

足音が遠ざかり、声だけがシルビアの耳に残る。

ヴァレリー・ホープスキン――。

「……あ……」

思いがけない名にシルビアはがたがたと震えた。彼は東の出身で、妹が一人いて――家族の話をするときは、そのすべてが過去形であったのだ。

彼は一度も〝今〟を語らなかった。ただときおり、懐かしそうに寂しそうに思い出を言葉にした。そしてシルビアは、深く考えずにそれを聞いていた。

今の話が本当であれば、彼は〝ジャルハラール伯爵の娘〟をどう思っていたのだろう。抗議文を送っていたのなら、父が愛する家族を自殺に追いやったと考えていたに違いない。はじめて会ったときに感じた鋭い視線の主が彼だと考えれば――。

「……私は、憎まれていたの……？」

仮面をかぶって接触してきた彼は、幾度肌を重ねても名前を明かそうとはしなかった。父に紹介したいと訴えたとき、名を持たないと言って拒絶した。遊びだからと、歩く道が違うのだと、そう告げられた。

ひどい言葉でシルビアを突き放し、なにも知らないのだと責め立てた。

「ヴァレリー様」

すべてを与えられ幸せの中にいたシルビアを、なにもかも失った彼は、どんな思いで見つめていたのだろう。

優しく手をさしのべながら、その心の内は――。

いつの間にかぼろぼろと涙がこぼれていた。彼に惹かれながら何一つ知ろうとしなかった。あれほどそばにいたのに、彼の苦悩を、その胸の奥深くに沈めていただろう怒りを、欠片も感じ取ることができなかったのだ。

それどころか、愛されているだなんて馬鹿な勘違いまでして。

「ふ……う……っ……」

シルビアは両手で顔をおおって泣き崩れた。

そばにいて優しく声をかけ、ときには肌を交わしたけれど、そのすべてが偽りだった。

彼は姿同様に、その心にずっと仮面をかぶり続けて本心を隠し、この日、このときのためだけにシルビアに近づいたのだ。

きっと、騙されているとも知らずに惹かれてしまった愚かな娘を胸中で嗤《わら》っていたに違いない。自分から処女を捧げる浅慮さを冷ややかに見つめていたのだろう。

すべて、なにもかもが虚妄《きょもう》だった。

彼は復讐のためだけにシルビアに近づき、そして実行した。

あまりに残酷だ。だけど、それなのに。

「ヴァレリー様」

今は絶望以上に、彼が負ったであろう心の傷を思って涙をこぼす。

自らを〝最後に残《ジ》ったよ《ョ》けいなカ《ー》ード《カ》〟と名付けたその意味は、メルキオッドが語った通り――ヴァレリーが、自分自身にくだした評価。

仮面で隠された彼の心は、今も癒えない傷をかかえたままだったのだ。

苦しげな彼の顔を思い出すと嗚咽が漏れた。シルビアはとっさに両手で口をおおい、声を殺す。生来の彼は、おそらくはとても穏やかな性格であったに違いない。鳥の巣箱を作ったり、からくり箱をいじったりするあの姿こそ、本来あるべきもの。

それを奪ってしまった。

彼が愛し守ってきたものを、なにもかも、すべて——。

もし、憎い男の娘が死ねば、少しは彼の心の傷が癒されるのだろうか。自分が生きていることを悲しまないようになるのだろうか。

彼の心がわずかでも軽くなるのなら——そのためならば。

今は失われたぬくもりを抱きしめるように体を丸め、シルビアは再び目を閉じた。

◆◇◆

バーグリー邸の執務室で、ヴァレリーはシルビアの絞首刑の通達を聞いた。苦々しく顔をゆがめたメルキオッドを前にしてさえ、にわかには信じられない内容だった。

「……彼女がそれほどの罪を犯したと……？」

「今朝方、正式に通達されたようだ。施行は五日後……処刑台は、これから設置される」

愛用の椅子に腰かけ、書類の束には目もくれずにメルキオッドは小さな紙を握りつぶす。

商売で決して損をしないようにメルキオッドは優秀な情報屋を何人も雇っている。どうやらその筋から一報が入ったらしい。

「なぜ、彼女が」

「読みがはずれた。……彼女は生かしておく価値もない、そう判断されたんだろう。馬鹿な話だ。教団が権威を持っていたのは戦争や不作、民族差別で多くの人々が苦しみ、救いを求めたからだ。恐怖や規律に屈服した訳じゃない。それなのに、ジャルハラール家を糾弾し、厳罰に処しただけで失われた威光が取り戻せると思ってるだなんて」

「なんの罪もない娘を、そんなことで殺すんですか？」

「本懐は財産の没収だし、血縁者が生きていれば遺恨を残しかねない。それに、罪がないとも言い切れないんだ」

ヴァレリーのうめきにメルキオッドは人差し指で机を叩きながら応じた。意味がわからず彼を見ると、彼はじっとつぶした紙を凝視していた。

「姦淫罪」

メルキオッドの一言に、血という血が逆流するかと思った。

「で……ですが、姦通が罪と言われたのはずっと昔です。今も婚前交渉は是《ぜ》とはされませんが、それでも死罪になるほどの罪はない」

止めることはできた。婚礼直前に純潔を散らしてやろうと考えていたのだ。いつもなら理性を総動員して己を律し、一線を越えたりしなかった。それなのに昨日はできなかったのだ。求められ欲望のままシルビアを抱き――あまつさえ、置き去りにした。一夜明け、己の行動に激しく後悔していると、メルキオッドはゆっくりと顔を上げる。射るような眼差しに息が詰まる。

「僕の調べでは、シルビアに接触している男は君以外いない」

いつ確信を持ったのか、言い訳はするなと告げるようにメルキオッドが一拍おいた。

「君が彼女の相手か？」

「……そうです」

ヴァレリーは静かにうなずいた。

なにも知らない無垢な体に快楽を覚え込ませ、そして押し開いたのはヴァレリーだ。おそらくは教団側に、決定的な証拠を提供してしまったのも。

「つまり、彼女も君が好きだったということでいいのか？　……まいったな。他に男がいると疑ったから君に警告したっていうのに……互いに想い合っていたなら、結婚の約束くらいさせておくべきだったな」

メルキオッドは指先で唇を撫で、ぎゅっと眉根を寄せた。

「その程度で、事態が変わったとも思えないが」

「どういう意味ですか？」

「今回の事件は確実に巨額が動く。そのために、仮面舞踏会には娼婦と、娼婦の誘いに応じる〝役者〟も入り込んでいたはずだ。招待客の友人という立場で」

「……俺たちのことがなくとも証拠は簡単にそろった、と？」

「ジャルハラール伯爵の関知しない証拠もな。三年も前からそれを用意していたという執念にも呆れるが」

三年、という言葉にぎくりとした。その数字はヴァレリーにとってなにより忌むべきものだったのだ。しかし、その動揺を無理やり心の中に押し込める。

今は、シルビアのことが優先だ。

「今回の関係者は捜し出せるかもしれないが、三年前の一件がな……いや、待て。もしかしたら君なら知ってるかな。ジャルハラール伯爵が東方に旅行の際、姦通の罪を犯したっていうんだ。表沙汰にはなってないが相手は自殺したとかで……ん？　そういえば、君の、ご家族が――……」

そのとき自分がどんな顔をしていたのか、ヴァレリーにはよくわからなかった。

しかし、きっとひどい顔をしていたのだろう。思案げに語っていたメルキオッドが絶句し、次の言葉に窮《きゅう》していたのだから。

母と妹を葬ってほしいと教団に懇願しても、遺体は野ざらしにされた。だから、ヴァレリーは何通も嘆願書をしたためた。死を願うほどの絶望を経験してしまった家族が、死してなお辱められる事実――それを思うと正気ではいられなかった。

罪が償われれば骨は清められ、埋葬される。すべては神の代理人たる神司の手によってなされなければならず、それ以外が触れれば永遠に神の御許《みもと》へ行けないという。

純粋に家族を思って行動していたヴァレリーの心に憎悪が生まれたのは、ネイビー・ジャルハラールに罪の意識がまったくなかったからだ。

同じ苦痛を味わわせてやりたかった。それが、望みだった。

「……ヴァレリー……君、なのか？　あの話はでっち上げじゃなくて……だから、君の家は……君の家族は……」

メルキオッドの問いには答えられなかった。しかし、すべてを察してくれたらしい。ぐしゃりと乱暴に髪をかき上げ、握った拳でテーブルを叩いた。

「くそ、そういうことか！」

「……俺は……シルビアを利用するつもりで近づきました」

「僕には、君が彼女に恋をしているようにしか見えなかった！」

「憎んでいました」

「……くっ……」

そう。憎んでいた。幸せな家庭でなんの不自由もなく育った娘――ネイビー・ジャルハラールとともに、シルビアの存在も不快だった。

確かに憎んでいたのだ。だが――。

「それ以上に、愛してしまった」

いっそ憎み切れていれば、他の感情など抱かなければ、どれほど楽だっただろう。

驚いたように顔を上げるメルキオッドを直視できず、ヴァレリーはそっと目を伏せた。

あれほど憎んでいた男が掌中の珠と育てた娘を、今は助けたいと思っているのだ。

「嘆願書を、取り下げてきます。母も妹も、ときが来れば……神司の手で、葬られるはずですから」

彼女らは被害者だと訴え続けたヴァレリーは、祈るようにそう告げる。

心は揺れていた。

これで本当にいいのかと自問自答せずにはいられなかった。それでも、そうすることでシルビアの窮地を打開できるならそれでいい。ネイビーに対する憤りが消えたわけではないけれど、今はほかに方法が考えつかなかった。

ヴァレリーは複雑な表情で押し黙るメルキオッドに断り、屋敷を出た。

雪のちらつく町には廃退と再生の色が濃い。重苦しい暗い色の服で着ぶくれする人がいるかと思えば、暖を求めて人々が集まり、熱いミルクや果実酒を振る舞われながら話に花を咲かせる人たちもいるのである。

　今日の話題は、案の定、昨日の騒ぎだった。

「ジャルハラール邸で、乱交パーティがあったんですって。それで、教団の指示で警邏隊が突入して現場を押さえたって」

「え？　昨日の!?　すごかったわよねえ、夜中まで大騒ぎで……」

「何度も舞踏会が行われるからおかしいと思ってたのよ！」

「でも、伯爵様ってそんな方だったかしら？　落ち着いた方じゃなかった？」

「愛人が娼婦上がりっていうじゃない。だから、ほら……」

「それで、伯爵様は捕まったの？」

　店先で、買い物途中の女性たちが表情を曇らせる。すぐに店主がやってきて、通りで起こった騒ぎを身振り手振りで説明して女性たちの不安をあおっていた。

　ヴァレリーはそれらを横目に箱馬車の行き交う大通りを横切る。駆けまわる子どもたちに注意しながら洗い立てのシーツがはためく雑多な路地裏を渡り、ごちゃごちゃと入り組んだ道を教団施設の尖塔を目指して進んだ。

　焼きたてのパンのにおいを漂わせる店の前を横切ると、ようやく教団施設の門扉が見えた。五年前に建て直された教団施設はどっしりとした木造で、広い礼拝堂を中心に、教理を示した絵画の展示室や説法用の談話室、瞑想用の星見の部屋、沐浴《もくよく》に使う大浴場、神司たちが生活する宿舎などが併設され、奥へ行けば大庭園まで造られていた。

色ガラスで飾られた窓は高く、光をたくさん引き込んで礼拝堂の床に幻想的な模様を照らし出し、訪れた誰もがありがたがって手を合わせる。三年前の、あの忌まわしい事件がなければヴァレリーも同じことをしただろう。だが今は、とてもそんなことをする気にはなれず、馴染みの神司の姿を捜した。

そしてすぐに、白い長衣をひらめかせ、慌ただしく歩く長身で細身の神司を見つけた。

「カルロス様！　カルロス様、お話があります！」

「あなたは……ああ、ヴァレリー・ホープスキン！　今、大変な騒ぎなんです。あなたの嘆願書が告発文として認められ、これでようやくあなたのご家族の供養も行えそうなんです。喜んでください。お母様と妹さんは、神の御許へ行けるのですよ！」

興奮気味に言われ、ヴァレリーは言葉を失う。

あれほど望んできた状況が、もっとも皮肉な形で実現しようとしている。その事実に歓喜し、恐怖する自分がいる。

「母と、サルシャが」

「ええ。三年もかかってしまいましたが、これでようやく……」

感極まったようにカルロスが言葉を詰まらせる。罪家の人間がたったの三年で葬られる。それは異例の早さだろう。ヴァレリーの身の上を不憫に思っていたカルロスも、きっといろいろと働きかけてくれたに違いない。

ヴァレリーは、歓喜の言葉を待っているカルロスに、蒼白とした顔で首を横にふった。

「取り消してください」

「取り消す？　なにを？」

「嘆願書が認められたということは、ネイビー・ジャルハラールの罪が認められたということなんでしょう？　だったら、嘆願書を抹消してください。それから、ジャルハラール邸で乱交はありませんでした。俺が証人になります。伯爵に、罪はなかった……!!」

シルビアにもまた罪はない。罪があるなら、咎があるとするなら、ヴァレリー自身だ。三年前のあの日、母と妹の様子がおかしかったことに気づけなかった。一番近くにいたのに大切な家族を守ってやることができなかった——自分自身なのだ。

「きちんと調べればわかります。ジャルハラール邸に出入りしていた者の中におかしな人間がいることが。伯爵は潔白です。全部仕組まれていたんだ！　教団に……!!」

訴えるヴァレリーを、礼拝に来た人々が怪訝な顔で見る。カルロスも同じように困惑していた。

「しかし、令嬢は……その、情事の直後だったというし……」

「違います！」

カルロスの一言にカッと頭に血が上った。断言されることで、シルビアがどんな目にあったのか予測がついてしまったのだ。きっと、捕らえられたあとにひどい扱いを受けたのだろう。そして、いまだヴァレリーになんの咎めもなくカルロスも知らないというのなら、彼女は相手のことを――ヴァレリーのことを口にしなかったに違いない。

「彼女は巻き込まれただけです。伯爵も冤罪です。調べればわかる！　だから……」

言葉なかばで辺りがざわめき、ヴァレリーは肩口に衝撃を覚えて前のめりになった。とっさに顔を上げると長い棒を持った男たちがヴァレリーを取り囲み、じりっと間合いを詰めてきた。教団を守るために武器を持つことを許された神の兵――神兵《しんぺい》たちである。青く染めた皮鎧で急所を守る彼らは、互いに視線を交わし間合いを計っていた。

「俺の、話を……」

一対一で話せばもみ消されてしまうかもしれない。なにより気がせいて、カルロスを見つけて声をかけてしまった。

その選択は誤りだったのか。

「捕らえろ！」

ひときわきらびやかな皮鎧を身につけた神兵長の一声で棒がいっせいに振り下ろされ、体が打ち据えられる。

だが、ここで捕まるわけにはいかない。シルビアになんの咎もないことを、彼女が死刑になることの無意味さを伝えなければ――。

ヴァレリーは棒を押しのけ駆け出す。ここがだめなら次はより高位の神司を捜すか、あるいは警邏隊との直接交渉だろう。とっさに門へ向かう。

刹那、ごっと鈍い音が頭の中に響き、視界が激しく揺れた。

「その男を投獄しろ。いいか、二日――いや、十日だ！　十日間、決して出すな！」

声が幾重にもこだまし、神兵たちが昏倒するヴァレリーを取り囲む。

刑の執行は五日後。それは、絶望的な時間の壁だった。気を失ったヴァレリーは、手足を縛られ、礼拝に来た人々の注目を集めながら箱馬車に押し込まれた。

◇◆◇

牢の中は暗くて底冷えし、薄い毛布などでは体をあたためることなどできなかった。

体が小刻みに震え、歯の根が合わない。ジャルハラール邸は、いつもどの部屋でも快適な温度に保たれ、高価なドレスはときに涼しく、ときにあたたかくシルビアの体を包んでいた。凍えたことなど過去に一度もなかったのだ。

牢に入れられた二日目の昼——シルビアは身じろぎ一つせず、鎧戸の閉められた窓の隙間からかすかに聞こえてくる音にじっと耳を傾けた。今はどうやら自由時間らしい。楽しげな笑い声が多く聞こえてくる。罪人ばかりが収容されるといっても、刑期が終わるまでおこなうのは労働と奉仕活動、そして運動といったごく一般的なもので、こうして声だけを聞くぶんには特別変わったことはなかった。

「ねー、あんた！　新入りのあんたー!!　聞こえてる？　ねえってば！」

二十室の牢が並ぶこの区画に最後に入って来たのはシルビアだ。当然、声の主はシルビアを呼んでいるのだろう。しかし返事をする気力もなく目を閉じ続ける。

「ここに来て取り調べされた？　護送の馬車が来て、すぐに移されてなかった？」

「え、なにそれ。そんなことあるの？」

「警邏隊で取り調べ受けてるでしょ」

いくつか声が聞こえる。すべてこの牢にいる女たちのものだ。

「新入りは町が騒がしくなったその日の深夜に来たじゃない。ってことは、時間的に考えてまともに取り調べしてないと思うんだけど」

「えー、そうなの？」

「相当やばいことしでかしたってこと？」

「だからって絞首刑はないと思うんだけど。……どうなんだい、あんた！」

年齢はばらばららしい。若い女のものもあれば、低く太めの女の声もある。ゆっくりしゃべるもの、艶っぽいもの——さまざまに。

「……答えないねえ」

「死んでるとか？」

「だったら看守がすっ飛んでくるよ。あ、でも、ごはん食べてないよね。新入り！　ちゃんと食べないと寒さで凍えちゃうわよ！」

「ちょっとー、聞いてるのー？」

ガンガンと格子を蹴る音が耳につく。

「人生悲観しちゃった？」

「四日後に死刑なら、そりゃ誰だって悲観するでしょ」

「……姦淫で死刑なら、あたし何回も死んでるわ」

「買っといて罰するんだから、役人もろくでもないやつばっかりだ」

「けど、まともな取り調べもなく絞首刑って……」

「ほら、証拠があったんだろ。証拠が」

やや沈黙があった。シルビアはお腹を押さえ、ぎゅっと目を閉じる。そそぎ込まれたものも、そのときの痛みも、すべてがなくなってしまった。

「ジャルハラール伯爵のご令嬢なら立場も立場だ。相応の罪になるってことだろ。あたしら掃き溜めの人間とは立場も責任も違うってことだよ」

「……けど、やっぱりひどいよ。ねえあんた、看守が見回りに来たら、ちゃんと抗議したほうがいいよ。取り調べがまだならやってもらおうよ。でないと、本当に殺されるよ」

「そうだ。抗議したほうがいい。こんなところで罪人として死にたくないだろ？」

死にたいのだから抗議などしない。

食事もいらない。

あたたかい毛布も、優しい言葉も気遣いも、何一つ必要ない。

「……ヴァレリー様」

なにも、いらない。

ただ彼の心が少しでも軽くなるのなら、それだけで。

気遣わしげにかけられる声を、シルビアは耳を塞ぐようにしてやり過ごす。生きる道なんて必要ない。大切な人を傷つけたまま生きたいとも思わない。

四日後が――死の瞬間が、とてもとても待ち遠しかった。

鎧戸からかすかに漏れる日差し、さらに運ばれる食事以外で、時間の経過を知ることはできなかった。

「おい！　いつまで食わない気だ!?」

手つかずの食事を新しいものに替えたあと、看守が苛立ったように怒鳴って格子を蹴った。格子戸と鍵がぶつかって耳障りな音をたてたが、シルビアはベッドの上でじっと丸くなったまま身動き一つしなかった。

投獄されて五日目、絞首刑が言い渡されて四日目の夜――。

はじめこそシルビアに話しかけてきた囚人たちは、まったく反応しないシルビアに飽きたのか沈黙し、看守はかんしゃくを起こすように何度も繰り返し格子を蹴った。

それも、明日で終わる。

「ったく、なんて強情な女なんだ」

看守はぶつぶつ言いながら牢から離れていった。異臭に満ちた牢の中に香ばしいにおいが混じった。皆は食事をはじめたらしく、スープが薄いだのパンが硬いだのと文句を言っている。

スープはきっとあたたかいだろう。硬いパンだって、スープに浸せば柔らかくなる。たとえどれほど質素だろうとも、食べることで命をつなぐことができる。

だからシルビアは、決して手をつけたりしなかった。

「ヴァレリー様」

過ちを命で償えるとは思っていない。それでも、シルビアが死ぬことで彼の心が少しでも晴れるなら食べたいとも思わなかった。空腹感はすでになく、すっかり体力の落ちた体が底冷えするような寒さに震えた。手も足も感覚がなくなって、薄い毛布にくるまっても体をあたためることさえできない。

目を開けるとぼうっと世界がかすんで見えた。

たいまつが揺らめき、すべてが陽炎《かげろう》のように溶け合って闇の中に消えていく。

目尻に溜まった涙が零れ落ちた。

ヴァレリーに会いたい。声が聞きたい。四日間飲食を絶ったため体力が落ち、呼吸が細く鼓動もおぼつかないにもかかわらず、そんなことを願ってしまう。

眠ると怖い夢を見た。なにもない真っ白な世界でヴァレリーが遠ざかっていく夢だ。シルビアの体は泥のように重く、一歩も動くことができなかった。どんなに彼の名を呼んでも振り返ってももらえず、泣きながら目覚める。それを何度も繰り返し、愛する人に憎まれている事実に打ちひしがれた。

もしも絞首台に行けば、ヴァレリーが見に来てくれるかもしれない。彼が望む通りに最《さい》期《ご》を迎えることができれば——。

「あなたの心を、少しでも……軽く、することが……できますか……？」

ひび割れた唇で告げる言葉は、もう音にすらならなかった。意識が遠のく。牢の外で怒鳴り声が聞こえたがうまく聞き取れない。格子が激しくぶつかり合い耳障りな音をたてたが、それすら闇に呑まれていった。

ふいに肩に熱が触れ、乱暴に体を揺さぶられた。遠のいた意識がわずかに引き戻され、再び闇の中に落ちる。

誰にも触れられたくなかった。けれど、体が自由に動かず抵抗さえできない。

「シルビア！　シルビア……!!」

体が幾度も揺さぶられ、悲痛な声が耳朶《じだ》を打つ。声は悪夢に溶けて反響した。次に金属がこすれる音がした。

「あんた、もしかしてこの子が呼んでた男!?　ど、どうやってここまで来たのよ!?」

女の人の声。

「その子、このままじゃ本当に殺されちゃうよ！　何度言っても抗議しないんだから！」

「ああもう、じれったい！　男なら連れて逃げなさいよ!!」

「待って！　行くならそこで伸びてる看守、独房に閉じ込めてかないと！　牢を出て、右に進むと監視室がある。そこを通れば……あ、待って。みんな、シーツ出せる？」

衣擦れの音の次に体に冷たいものがかかった。

「それで行きなよ。なにか聞かれたら、食事が腐ってたって言えばいい。囚人が吐いて大変だって。早くシーツの換えを運ばないとうるさいって。前に一度大騒ぎしたから信用するよ。あいつら単純だから」

力強い声に、別の女たちの笑い声がいくつか混じる。

「……ど、どうして……？」

戸惑う男の声は布を通したためかひどくくぐもっていた。

「ここまで来たなら助けるつもりだろ？　だったらさっさと行った行った！」

「――この生活は臭いと寒ささえなければ、食事も出るしおしゃべりも自由だし、意外と快適なんだ。だけど、その子がいたら泣き声が耳について迷惑なんだよ」

声が、聞こえた。

ここは犯罪者をつなぐ独房だった。それなのに、不平を語るはずのその声はとても柔らかく、胸にすとんと落ちてきた。

◆◇◆

抱き上げたシルビアの体はとても冷たく、死んでいるのかと思った。

細い息を認めたとき、全身から力が抜けてその場に座り込んでいた。シルビアは生きていた。けれど、とても危険な状態であることは見て取れた。薄暗い牢の中でもその肌は紙のように白く、鼓動も弱かったのだ。

独房から出ると、同じ一画に囚われていた囚人たちが心配そうにこちらを窺ってきた。シルビアの母親くらいの年の女もいれば、年の近そうな女もいた。

そして、誰も彼もがこの逃走劇に手を貸してくれた。

「シルビア」

冷たく凍えた体を胸に抱き、ヴァレリーは大量のシーツがかかったその上からシルビアに口づけた。囚人たちは、こっそりと隠し持っていたシーツさえ引っぱり出して貸し与えてくれたのだ。

ヴァレリーは、焦ったように、同時に、不用意にきょろきょろと辺りを見回さないよう注意しながら廊下を進んだ。収容所は左右対称で、西と東の行き来は鍵さえ持っていれば容易だが、外へ出るときは監視室の前を通らなければならない。逆に、ここさえ通れば自由になれる。同じ独房に入っていた囚人たちから警備員は二人という情報が入った。よほどの理由がなければ一人しか部屋から出ないが、うまく二人ともおびき出して倒せば、外に出ることができる。

——けれど、過去に脱獄に成功した囚人は一人もいないという。

一歩一歩監視室に近づくたび、緊張で嫌な汗が噴き出した。見つかれば自分どころかシルビアさえ罪に問われるだろう。

教団ははじめからシルビアを助ける気はない。ここで失敗すれば、明日確実に彼女は絞首台に送られる。

それだけは阻止しなければならなかった。

「大丈夫だ。彼女たちが、言った通りに——」

けれど、彼女たちは〝味方〟だろうか。本当に言われるまま来てよかったのか。

ふと不安に襲われ、足が鈍る。

だが、ここで立ち止まることはできなかった。

もしもうまくいかないなら、次は警備員を監視室からおびき出せばいい。それが失敗してしまったら、もっと別の手を探すまでだ。

　ぐっと腹に力を込めて廊下を行く。壁ばかりが続く代わり映えなく殺風景な光景に、ふいに変化が表われた。廊下が格子で塞がれ、その一部が部屋のように区切られていたのだ。格子で仕切られた部屋は囚人用のものよりやや広く、中には制服を着た男が二人いた。話通りだ。

　ただし、通路を塞ぐ格子戸の向こう側にもう一人警備員がいた。

「……三人」

　警報装置を鳴らされる前に倒して鍵を奪うのは容易ではないが、二人ならなんとかなると思った。けれど三人ではあまりに不利だ。

　青ざめて足を止めたヴァレリーは、すぐに通路にいた警備員が別の誰かと話していることに気づいた。よくよく見れば他の警備員たちも、困惑顔をそちらに向けている。

　一体、なにが――そう思ったとき、警備員が声をあげた。

「こ、ここは、一般人は立ち入り禁止です」

「馬鹿言うな。僕は税金を払ってるんだぞ。僕が身を粉にして働き稼いだ金で運営されている施設に、僕が入れないなんてふざけた話があるか！」

　むちゃくちゃな論理だ。筋がまるで通っていない。

「だいたい、僕の秘書がここにいるって何度も言ってるだろ。仕事がとどこおって困るんだよ。さっさと返してくれないか？　金が必要なら言ってみたまえ」

「で……ですから、保釈金の問題ではなく、あと六日お待ちくださいと」

「今すぐ出したまえ。教団施設で暴れて十日も拘束なんてあり得ないだろう。せいぜい二日だ。この時点ですでにおかしいと思わないのか？」

「それは……確かに……しかし、教団からの指示で……」

「では君が、彼がいないあいだの損失を肩代わりしてくれるとでも言うのか？　ああそれから、シルビア・ジャルハラールの面会の件はどうなってるんだ？」

「ですから、それも禁止されてるんです」

「横暴だ。面会日は昨日だったんだぞ！　僕は昨日、ヴァレリーとシルビアに会うためにわざわざ足を運んだんだ！　僕の申請が却下されるなんて、一体君にどんな権限が……」

困り果てる警備員に詰め寄るのはメルキオッドだった。彼の後ろには筋骨隆々の男が四人、微動だにせず立っていた。威圧感を通り越して息苦しいほどだ。呆気にとられて突っ立っていると、そんなヴァレリーに気づいた警備員の一人が格子に近づいてきてヴァレリーに手招きした。

「どうかしたのか？」

「あ……あの、食事が傷んでいたらしく、囚人が、吐いて……」

ヴァレリーの返答に、警備員は顔をしかめて格子から離れていった。どうやらにおいを警戒して避難したらしい。

「またか!?　冬だってものは腐るって何度言えばわかるんだ！　安いからって古いものを仕入れるなってあれほど言ったのに……！　ブライアン先生に嫌味を言われるのはこっちなんだぞ！」

「……シーツを運んでも？」

「ああ、さっさと行ってくれ。おい、ドアを開けろ！」

警備員はメルキオッドの対応に頭を悩ませるもう一人へと声をかける。すぐに囚人を収容している刑務所と一般施設を隔てる格子戸が開かれ、ヴァレリーが通された。メルキオッドは看守の服を着たヴァレリーを凝視し、ぐいっと顎をしゃくった。

「君、僕を馬車まで送りたまえ。僕の貴重な時間を浪費させたんだ。そのくらいしてくれてもいいだろ」

「それは……」

戸惑って警備員たちを見ると、さっさと行けと言わんばかりにいっせいにうなずかれた。

「送って差し上げろ」

「当然だ。ああ、明日もまた来るからよろしく」

大仰にうなずいたメルキオッドが宣言すると、警備員たちはうんざりしたように互いの顔を見合わせた。相当に嫌われているらしい。ヴァレリーは先導するメルキオッドについていくような形で廊下を歩き出した。厳つい男たちを従えているためか、すれ違う施設関係者は驚倒し、あるいは逃げるように視線をそらした。

「なにが、どうなってるんだ？」

建物を出てからようやく心情を言葉にしたが、メルキオッドは答えることなく二台停まった家紋付きの馬車に近づいてドアを開け、大胆にもヴァレリーを押し込むと、さっさと自分も乗り込んできた。

「ロブ、出してくれ」

壁を叩いて合図すると手綱を打ち鳴らす音が聞こえ、すぐに車体が揺れた。

「どうしてメルキオッドが刑務所に……」

「僕からも質問させてくれないか。君は捕まって投獄されたんじゃないのか？　なんなんだ、そのシーツの山は。看守の格好までして、一体なにをしてるんだ？」

「ちょっと、脱獄を」

「なるほど脱獄か。……は？　脱獄？」

仰天したメルキオッドは、言葉どころか動きさえ途切れさせてヴァレリーを見た。

捕まってからずっとシルビアを助け出す方法ばかりを考えた。多少は腕に自信があったが特別な知識や技術はない。そんな人間がどうすれば無事に目的地にたどり着けるか——結局、看守を襲って鍵と服を奪い、そのまま所員としてシルビアの元へ向かう以外になかった。物知りな看守がぺらぺらとヴァレリーの身の上話をしたため同情されたのか、看守を襲っても囚人たちは誰一人声をあげなかった。それどころか、普段から看守に話しかけ、シルビアが閉じ込められている牢を聞き出すのに協力までしてくれたのだ。

ヴァレリーはそっと刑務所に向かって頭を下げ、馬車が刑務所から離れるなり慌ただしくシーツを剝いだ。不安を感じたのは、シルビアの体がいまだ異常なほど冷たかったからだ。顔をのぞき込んで息をしているとわかると目頭が熱くなった。

「シルビア」

力なく横たわる体をぎゅっと抱きしめる。すると、メルキオッドが驚いたように身を乗り出してシルビアの顔を見た。ぎくりとしたのが、その体の動きからもわかった。

「生きてるのか……？」

手を伸ばし、シルビアの頰に触れて顔をゆがめる。

「ロブ、行き先変更だ！　トーマス先生のところへやってくれ。大至急だ！」

メルキオッドの切迫した声に、ロブは「はい」とだけ答えた。馬がいななき、速度が変わる。しばらく無言でヴァレリーを見ていたメルキオッドは、溜息とともに背もたれに体を預けた。

「まったく、君には驚かされる。いきなり屋敷を出たかと思えば正面切って教団に抗議するし、あげくに捕まって、今は脱獄してこうして僕の前に座ってるんだから！」

「……メルキオッドは、なぜ刑務所に？」

ヴァレリーの質問にメルキオッドはふんぞり返った。

「所用があったんだよ。それだけだ」

「護衛を四人も連れて？」

「僕は小心者なんだ！　刑務所なんて恐ろしい場所に丸腰で行けるか！　脱獄した凶悪犯に襲われたらどうする気だ！　警護四人じゃ不安で仕方がなかった！」

思いがけず強い口調で訴えられ、ヴァレリーは目を瞬く。今まで脱獄などなかった刑務所だ。第一、メルキオッドは決して〝小心者〟と呼ばれる人間ではない。

「……ありがとう」

「なんの話かな」

ぷいっと、メルキオッドが窓の外を見る。

警備員との交渉が決裂すれば力尽くでも刑務所内に侵入してくるつもりだったのだろう。警備員とのわずかな話からも、メルキオッドが頻繁に刑務所に来てくれていたことがわかる。そして、そのすべてが彼の望みに添わなかったことも。

今日がシルビアを助け出せる最後の日だとヴァレリーが覚悟を決めたように、メルキオッドもまた、行動に移してくれていたのだ。

「本当に、なぜじっとしてないんだ。ちゃんと迎えに来てやったのに」

ふて腐れたようにぶつぶつ言うメルキオッドは、苦笑するヴァレリーを睨んでから、ふっと柔らかく表情を崩した。

トーマス・ビーンはバーグリー邸の主治医である。体が悪くては働けないといって、使用人たちが自由に行けるかかりつけの病院を探した結果、口と態度、それから身なりがすこぶる悪いと評判のトーマス・ビーンが選ばれた。

トーマス・ビーンは欠点の多い男だが腕はいい。歯に衣着せぬ物言いでずけずけ意見し曲がったことが大嫌いなので、メルキオッドからの信頼も厚い。

「馬鹿か！　こんなに衰弱してから連れてくるやつがあるか！」

トーマス・ビーンはシルビアを見るなりそう怒鳴り、一通り診察を終えたあと注射を一本打ち、とにかく体力を戻すよう言ってきた。重湯《おもゆ》から少しずつ飲ませ、体をあたためるようにと。

「無理はさせなくていい。だが必ず食べさせろ。その様子じゃしばらく食べていないだろうからはじめはつらいかもしれないが——とにかく食わせて、少しずつでも体力を戻さないと話にならん」

なにかあったら深夜でも構わないから呼び出せと、緊急の連絡先をヴァレリーに押し付けてきた。

そしてそこで護衛の男たちが乗った馬車と別れ、馬車を二度乗り換えさらに移動した。たどり着いた先は古い貸家だった。そこは古い家具付き貸家《アパルトマン》で、衣類や食料まで用意されていた。

「重湯はあとで届ける。いいか、誰が来ても鍵は開けるなよ。合鍵で勝手に入るから、僕のことは気にするな。あ、上の階も下の階も、左右両隣の部屋も僕の別名義で借りてあるけど人は住んでいない。だから音がしたらちょっと警戒しておいてくれ」

メルキオッドは窓にかかった厚手のカーテンを閉め、暖炉に火を入れながら「排煙口が共同で助かった」と息をつく。

「ここら辺は労働者が多く住むから入れ替わりが激しいんだ。だから隣人が誰かなんていちいち気にするような人間は住んでない。でも、部屋からは出ないでくれよ」

シルビアをベッドに寝かしつけ振り返ると、メルキオッドはにやりと口元をゆがめた。

「メルキオッド？　な……なんだ？」

「君が捕まっていた三日間、僕がただ刑務所通いをしていたと思うか？　大口顧客を逃した恨み、存分に思い知らせてやるさ。君はここに一週間——いや、五日間ほどじっとしていてくれ。それで事足りる」

「なにをする気だ？」

「……君は愛する女性を取り戻すために体を張った。だから僕は、そんな友人を守るために自慢のコネを使おうと思う。……不平不満は、いつの世も人を動かすためのもっとも有効でもっとも確実な原動力だ」

くるりと踵を返して寝室から出たメルキオッドは、ドアを閉じる前に足を止めた。

「いいか、絶対に玄関の鍵を開けるなよ。誰が来ても、なにがあっても！」

念を押したメルキオッドは、ヴァレリーがうなずくとドアを閉じた。遠ざかっていく足音は途中で止まり、玄関ドアの開閉音に施錠の音が続く。しばらくドアを見つめたヴァレリーは、すぐにベッドへ視線を落とした。

「シルビア、寒いのか……？」

小さく丸くなる彼女の頬にはうっすらと鳥肌が立っていた。

その唇がかすかに動く。身を乗り出したヴァレリーは、シルビアの目尻に涙がたまっているのに気づいた。零れ落ちた涙はそのままこめかみに吸い込まれていった。

「……様……」

耳を近づけると、ぼやけていた声が明瞭になる。

「ヴァレリー様、ヴァレリー……さ……」

繰り返し呼ばれているのはヴァレリー自身の名前だった。シルビアの表情は苦しげで、声も震えている。なにか、ひどく辛い夢を見ているようだった。

「シルビア、大丈夫だ。もう……」

「ヴァレリー様、行かないで……ヴァレリー様……お願いです、どうか」

震える手が伸びる。とっさに掴むととても冷たく、ヴァレリーは両手でしっかりと包み込んだ。

「ここにいる。シルビア」

「ヴァレリー様、ヴァレリー様……待ってください」

「シルビア！」

警邏隊が屋敷に押し入ってきたとき、彼女は毅然と振る舞っていた。だが、今こうして見せる素のままの彼女を前にすると、どれほど心細かったかが伝わってくる。

ヴァレリーは彼女の指先に額をこすりつけるようにして目を閉じた。

「ここにいる。どこにも行かない。……だからもう、怯えなくていい」

彼女の心に届くよう祈りながら言葉を継いだ。

外から警笛の音が聞こえ、ヴァレリーはとっさに明かりを絞った。

緊張に体をこわばらせながらカーテンの隙間から外をうかがい見る。闇の中、明かりがいくつも細い通路を動き回っていた。

「追ってきたのか？」

理由はどうあれ、ヴァレリーとシルビアは脱獄犯だ。メルキオッドが潜伏先としてここを選んだなら安全だとは思ったが、ヴァレリーが捕まってから急遽用意した場所ならば、準備期間が充分にあったとは思えない。

なにか不備があった可能性は捨てきれなかった。

ヴァレリーは闇の中に蠢く気配を息を詰めて見つめる。右へ左へ移動する光は何度か建物を出入りし、やがてゆっくりと遠ざかっていった。

そのまま光が戻ってこないことを確認し、ほっと安堵の息をつく。

「シルビア……俺は、君のそばにいる」

ベッドに戻ってささやくと、シルビアの体がぴくりと揺れた。震えるまつげがゆっくりと持ち上がり、ぼうっと天井を見上げる。

瞬きしたその瞳から、再び大粒の涙が零れ落ちた。

「ヴァレリー様、申し訳ありません。どうしたら死ねるか、わからなくて……食事を抜いただけでは、まだ……でも、明日には、絞首台に行けます」

呆然とするヴァレリーに気づくことなく、シルビアは幸せそうに微笑んだ。

「本当は、自分で命を絶つべきですが……これで、お許しいただけますか……？」

「な……なにを、言ってるんだ……？」

「もう少しだけお待ちください。もう少しで、私、ようやく死ぬことができます。あなたの、望む通り……これで、ヴァレリー様の心が少しでも癒されるなら……」

「君は、なにを言ってるんだ!?」

ヴァレリーはシルビアの手を放し、その細い肩を揺さぶった。がくがくと揺れる彼女はそれでも微笑みをたたえ、絶望の言葉を吐き出す。

「ヴァレリー様は、明日、処刑場まで来てくださいますか？　最期《さいご》に一目、お目にかかりたいです。それだけで……私はそれだけで、充分です」

ぐらりと視界が揺れた。体の芯からすうっと熱が引いていく。

「これでやっと、あなたの望む通りになります」

「シルビア！」

気が、おかしくなりそうだった。

助けたいと願った者が、幸せそうな顔で死ぬ瞬間を口にする。声は届かず、視線も合わない。彼女は虚空を見つめ、一度たりともヴァレリーを見ようとしなかった。

「どうして……シルビア！　君が死ぬ必要はない！　君は……」

「ヴァレリー様が好きです」

「……っ!!」

言葉を失うヴァレリーを前に、シルビアはそっと目を閉じる。また一粒、涙が零れてこめかみに吸い込まれていった。

「あなたが私を憎んでいても、大好きです。愛しています」

「……俺は、君のことを……」

もうとっくに出ていた結論だ。ヴァレリー自身もそれを認め、言葉にしたこともある。

それなのに、彼女を前にするといまださまざまな感情がせめぎ合う。

憎しみも羨望も、苛立ちも、欲求も、確かにまだ胸にある。

そして、それをかかえてなお湧き上がる想いに突き動かされ、ヴァレリーは震える両手で冷たい彼女の頬を包み込んだ。

手入れされた肌につややかな髪、いついかなるときも美しく着飾っていた彼女は、ここ数日ですっかり変わってしまった。肌は輝きを失い、髪は無残に乱れ、乾いた唇はかさついて血がにじみひどく痛々しい。

ヴァレリーはその唇に、そっと自分のものを押し当てた。

「憎む以上に愛している」

唇が離れるとシルビアは何度も目を瞬き、なにかを確認するようにヴァレリーを見る。ヴァレリーはそんな彼女に再びついばむように口づけた。

「君を愛しているんだ」

ヴァレリーの言葉にシルビアが顔をゆがめた。そして、小さく頭《かぶり》をふったあと、苦痛をこらえるように言葉を絞り出す。

「……嘘です」

「嘘じゃない」

「……嘘です。だって、お父様は、ヴァレリー様の家族にひどいことをして、だからヴァレリー様は私も憎んでいらして……私に優しくしてくださった理由は……」

それ以上は言葉が詰まって続けられず、シルビアは両手で顔をおおって子どものように泣きじゃくった。

「それでも、好きです。大好きです……とめられな……」

嗚咽にまみれた声は痛々しいほど震える。

「シルビア」

「私が死んで、ヴァレリー様の心の傷が、癒えるなら……少しでも、楽になるなら……死ぬのは、怖くありません。ヴァレリー様……どうか……ああ、あなたの手で」

「そんなこと、できるはずがないだろう……!!」

首を絞めるよう手を導くシルビアに、ヴァレリーは声を荒げた。

「どう、して……?」

絶望するように、シルビアはヴァレリーを見る。

これほどまでに愛する相手を——そして、こんなにも愛してくれる相手を、殺せるはずがない。

「ヴァレリー様……?」

名を呼ばれるたび、胸の奥が痛む。それは決して不快な痛みではなかった。

ヴァレリーはもう一度シルビアに口づける。

「君が死んでしまったら、俺は大切な人を再び失うことになる。そんなのは、もう、たえられない」

「ヴァレリー様……でも、私は……」

「君が捕まった四日間は悪夢のようだった。助けようとした俺まで捕まって、自分の愚かさを心底呪った。——君が死にたいと言い出したときは頭の中が真っ白になった。悪夢の続きを見ているようだった」

　牢に閉じ込められてから、本当に悪夢ばかりを見た。三年前と同じように、大切な者を失う夢——今ですら夢なのではと疑ってしまう。こうして触れあった次の瞬間には彼女が腕の中から消えてしまうのではないかと。

「シルビア……俺を愛してくれるなら、俺のために生きてくれないか？」

　問いかけてもシルビアはうなずいてくれない。その代わり、おずおずと両手を伸ばし、ヴァレリーの頬に触れた。

「これは、夢ですか？　私、都合のいい夢を……」

「……君も、夢を見たのか？」

「い……いつも、追いつけなくて。あなたが遠くに行ってしまうんです」

　そのときのことを思い出したのか、シルビアの顔がくしゃりと歪んだ。喉を引きつらせ

るようにしゃくり上げ、ぽろぽろと涙を零す。

涙を唇でぬぐって、ヴァレリーはシルビアの瞳をのぞき込んだ。

「もう、どこにも行かない。約束する」

「……約束」

「絶対に離れない」

「……ずっと？」

「ああ、ずっとだ。だから、どうか……」

ともに、生きてほしい。

ありったけの想いを込めた言葉に、シルビアは濡れた瞳を何度か瞬かせる。そして、なにかを確認するかのように指を動かした。ヴァレリーの頬に触れ、顎をたどり、唇に指を押し当てて鼻筋を撫で上げる。そして、頬に戻って両手で包む。

時間をかけ夢でないことを理解したのか、シルビアはふわりと微笑んだ。

「はい」

小さく返ってきた声に安堵する。ヴァレリーはシルビアの髪を撫で、その額にキスをした。次に眉間へ、その次は震えるまぶたに、柔らかく優しく、キスの雨を降らせていく。

そして、穏やかな寝息が聞こえだしてからようやく軽く唇にキスをして体を起こした。

シルビアの口元に小さく刻まれた笑みがかわいらしく、ヴァレリーも自然と微笑んでいた。愛おしさに何度も口づけたくなるのをぐっとこらえ、彼女が凍えてしまわないよう暖炉に薪を何本か投げ入れて火かき棒で薪の位置を移動させていると、ふいにドアをノックする音が聞こえた。

寝室から出たヴァレリーは、すぐにメルキオッドの言葉を思い出す。

誰が来ても決して開けるなと、彼はそう言った。

「誰かいませんか!?」

ドアを叩く音が途切れ、野太い男の声がドア越しにぼそぼそと聞こえてきた。

「ここの部屋だよな？　明かりのあった部屋。誰もいないのか？」

「……建物の所有者と連絡を取るか。しかし、もし脱獄犯が潜伏してるんだったら逃げられる可能性が……」

「面倒くせえな。ドア蹴破るか」

ほんの数日前の再現のように、ドアへのノックと不穏な会話が続く。

ヴァレリーは辺りを見回し、武器になるものを探した。

けれど見つからない。焦れば焦るほど、なにを手に取ればいいのかわからなくなっていく。混乱のままヴァレリーは丸椅子を摑んだ。

手にじっとりと嫌な汗をかいていた。

声からして警邏隊は最低三人だ。通常、こうした場合は二人一組で回ることが多い。それが三人——警戒をされているのだ。脱獄犯を追っているなら武器を装備しているだろう。充分に訓練された警邏兵相手に、木の椅子など子どもだましに違いない。

それに、仲間が近くにいるかもしれない。呼ばれれば本当に一巻の終わりだ。腕にはそれなりに自信があっても、今回ばかりは相手が悪い。

このままでは、再びすべてを失うことになってしまう。

「……シルビア」

守りたい。どんなことをしてでも、彼女だけは。

ヴァレリーは寝室のドアを振り返り、乱れはじめる呼吸を整える。

「おい、破るぞ！　手を貸せ!!」

ドア越しに聞こえた怒鳴り声に覚悟を決めた、そのとき。

「なにをしてるんだ！　警邏隊か？　乱暴なことはよしてくれ」

会話する男たちよりはるかに若く張りのある声が、非難するように響いた。

「あなたは？」

「僕はアルス・フォンゼだ。知ってるか？　服のデザインをしてる芸術家なんだけど」

語る声はどう聞いてもメルキオッドだった。ヴァレリーは椅子を手にしたまま困惑して玄関ドアを見る。

「……芸術家、ですか」

「そうだよ。君の奥方の服を、今度作ってあげようか？　ちょっと高めだけど評判はいいんだ。最新の流行は奇抜な赤だ。襟を強調したもので、胸のあたりを大胆に――」

「いえ、服のことは」

すかさず止められ、アルス・フォンゼことメルキオッドは、残念そうにうめいた。その表情――メルキオッドの表情どころか警邏隊の表情まで、ヴァレリーには手に取るようにわかった。きっと刑務所のときと同じに違いない。

「この部屋の方で？」

「いや、隣だ。なにかあったのか？」

「明かりがついていたので……」

「ああ、もうすぐ愛人が来るから部屋をあたためておこうと思ったんだ。食事も、ちゃんと準備してきたんだ。あ、愛人のことは他言無用だよ。僕ほど有名になると、女性が放っておいてくれないんだ。もう五人目だから僕の体がもたないってあれほど……」

「いえ、愛人のことは」

とりあえずいりません、と、警邏隊の男が言外に告げる。

「ああすまない、部屋のことだったね。この部屋は借り手はいるもののずっと無人なんだよ。君たちこっちを調べたいのかい?」

「無人? しかし、明かりが……」

「そうか、君たちはここの建物に詳しくないのか! じゃあ僕が教えてあげよう。ここの建築にかかわった建築家は知る人ぞ知ると言われた有名な男で、だまし絵ならぬだまし建造物を造ろうという画期的な計画を立て——」

「いえ、建物のことも」

「……知識があると話が弾むんだが……君は欲がないね。つまり明かりのあった部屋は僕の部屋って、そういうオチが最後につくんだけど」

「その最後のオチの部分だけで充分です」

「そうか、つまらないな。……そうだ、部屋を見ていくかい? 芸術家の部屋というものを、君たちはまだ一度も見たことがないだろう! 遠慮はいらない、さあ!」

「結構です」

あっさりと返答が来て、遠ざかる足音が続く。

仕事中の人間に無駄話を持ちかけて効率的に追い払う。何度聞いてもヴァレリーには真似できそうにない戦法だ。安堵に全身から力を抜いているとドアが開いた。

やってきたのはやはりメルキオッドだった。

「……アルス、なんだって？」

「ああ、友人の名前だ。あとで借りたと伝えておかないと、奥方に半殺しにされるな」

「よくあんな嘘がぺらぺらと」

「嘘じゃない。まあ愛人の話と騙し建造物は嘘なんだけど、それ以外は本当だよ。部屋を見せろと言われたら、さすがにちょっと困ったことになりそうだったが——ところで、君はなんで椅子を持ってそこに突っ立ってるんだ？」

「ど……どうでもいいだろう、そんなこと」

これで警邏兵に対抗しようと思ったなんて早計だった。頭は使うものだとつくづく思う。赤くなりながら椅子を元の場所に戻しているとメルキオッドが低く笑い、持っていた小さな陶器の鍋をテーブルの上に置いた。

「戦わなくて正解だ。いくらなんでも銃には勝てない。銃殺なんてされてみろ。言い訳もできず汚名だけが残る。……シルビアはどうしてる？　寝てるのか？」

ヴァレリーがうなずくと、メルキオッドが目尻を下げた。

「君のそんな顔は久しぶりに見たな」

「俺の、顔？」

「うん。……とても幸せそうだ」

満足そうに息をつき、メルキオッドはヴァレリーのほうに鍋を押しやった。

「ちょうど食事時だったから、知り合いから重湯を分けてもらった。シルビアが起きたらあたため直して少しずつ食べさせてやってくれ。作り方も書いてもらった」

そう言って、鍋ぶたの上にポケットから取り出した小さな紙をのせ、眉をひそめる。

「しかし、また警邏隊が来ると厄介だな」

「……尾行《つ》けられたのか？」

「それはない。馬車は途中で二度も変えたし……まあ、これほど迅速に動いたってことは逃げ込むならこの辺りと踏んでいたんだろうな。教団もケツに火がつくと頑張るわけだ」

ふふんっとメルキオッドが鼻を鳴らす。

「だが、この界隈をそう甘く見てもらっては困る。教団ごときが手を出せる地区じゃない。……が、まあいいさ。いたぶるのもおもしろい」

「……メルキオッド？」

「いやいや、こっちの話だ。それより、使用人を何人か寄越そうか？　シルビアの面倒を一人で見るのは……」

「俺だけでいい。他の誰にも触れさせたくない……か、ら」

途中で自分がとんでもないことを言っていることに気づき、ヴァレリーは赤くなった。そんなヴァレリーを見てメルキオッドは目を丸くし肩をすくめる。

「まったく、君はときどき思いもよらず情熱的だね。普段は堅物で冷静なくせに。……気持ちはわかるが誰か一人くらいは手伝いをおいたほうが……」

ヴァレリーが懇願するように見つめると、メルキオッドは苦笑した。

「わかったよ、君に任せよう。……大切にしてやるといい。彼女は、君の家族になる人だ」

鍵を持った手をひらひらとふって、メルキオッドが玄関を出た。すぐに施錠の音が聞こえ、部屋の中に静寂が訪れる。

「……俺の、家族に」

一度すべてを失った。絶望し、家族のあとを追い死のうと考えたこともある。

それでも今はこうして生きていて――。

ヴァレリーは不思議な思いで寝室のドアを見た。今はあの場所に、なににも代え難いほど大切な人がいる。

それは、奇跡だった。

第五章　そして、すべては。

目を開けると、必ずヴァレリーがいた。

何度も残酷な夢ではないのかと疑い、そのたびに諭され、シルビアはようやく自分が刑務所から助け出されたこと、外では大変な騒ぎになっていることを知った。

今はメルキオッドが動いているらしい。彼に全幅の信頼を寄せるヴァレリーが、自分たちを逃がしてくれた囚人たちの心配をするシルビアに「大丈夫だ」と力強くうなずいた。

脱獄から五日目の朝、重湯は米を大量の水で炊いたリゾット風の食べ物になり、具だくさんのスープと柔らかいミルクパンなどもメニューに加わるようになった。

すべてヴァレリーが用意してくれた。シルビアはベッドから下りられず、下りたとしても包丁一本、持ったことがなかったのである。

「す、すみません……」

しょんぼりと肩を落としていると、小さくちぎったミルクパンを差し出しながらヴァレリーが笑った。

「別に、好きでやってることだから。ああでも、叔母が俺に料理を教えながら言ってたな。料理のうまい男は信用するなって。料理人でもなければ、下心のある男だそうだ」

ひどい言われようだ、そう彼は続けた。

ヴァレリーは敬語を使わなくなり、彼生来の口調に戻った。ゆったりと柔らかく、耳に心地よい。あまり口数の多い人ではないけれど、そばにいて、ときおりその声を聞くと、それだけで心がぽかぽかとする。

食事を終えてヴァレリーが食器を片付けようとしていたので、シルビアは手伝うため皿を重ねて持った。が、慣れなかったためか皿の上でスープ皿が勢いよく滑った。

「あ」

「危ない！」

横から伸びてきたヴァレリーの手がシルビアから皿を奪い、素早く流し台に置いた。シルビアは密着する体にぎょっとし、慌てて彼から離れる。

体は軽く拭いてもらっているものの、近づきすぎるのは抵抗があった。以前は毎日のように湯浴みし、舞踏会の前にも体を清めていたのでよけいに体臭が気にかかる。

「シルビア？　どうかしたのか？」

名前を呼ばれてどきりとした。

「え……いえ。あの、すみません、なにもできなくて」

「……それ以外で、なにかあるんじゃないのか？」

重ねられる問いに驚くと「やっぱり」という顔で見つめ返された。ヴァレリーはこうした機微《きび》に敏感で、シルビアは大げさなほど狼狽えてしまう。

「……言ってごらん？」

「か……体を、洗いたいです」

体力が落ちているから禁止されていたが、それも我慢の限界で——こんなときなのに、べたつく髪や、しっとりする肌が気になって仕方がなかった。

「だめですか？」

そうっと尋ねると、ヴァレリーは思案げに眉を寄せてからうなずいた。案内されたのはとても小さな浴槽で、体や髪を洗うための石けんはあるのに体を洗う場所すらなかった。

使い方がまるでわからない。シルビアは、いつも大きくゆったりとした浴室で、ゆっくりと体を洗って体の芯まであたたため、香油で髪を手入れしていたのだ。

愕然と立ち尽くしていると背後でヴァレリーがくすくすと笑った。

「だ、大丈夫です！　ちゃんと使い方は、わ、わかります。わかるはずです。リズが、家ではいつもシャワーを浴びるだけだと言っていたから……え？　シャワーだけ……？」

「一緒に入るか？」

「え。え。でも、あの……」

「嫌か？」

「……いいえ。い、一緒に……入りたい、です」

真っ赤になって答えると、ヴァレリーはすぐに出て行き、タオルと着替え、それから瓶入りの香油を持って戻ってきた。

「髪を洗うならこれを使えってメルキオッドが言ってたんだが」

シルビアはヴァレリーの手の中にある瓶を見て戸惑った。南国から取り寄せる香油は少量でも高価だ。それを一瓶、しかも髪を洗うために使えだなんて。

それだけならまだしも――。

「シルビア？　なにか問題でも？」

「い、いいえ。なにも……ありません」

急にばくばくと心臓が高鳴ってシルビアは慌てた。浴槽に湯を落としながら服を脱ぐように言われ、辺りがあまりに明るいことにようやく気づく。朝だ。窓から差し込む光は強く、体の隅々まで照らし出してしまう。

シルビアがボタンに指をかけてもじもじしていると、ヴァレリーはあっという間に服を脱ぎ、きれいに筋肉のついた裸身を陽の下にさらした。

シルビアはほうっと溜息をつく。何度見ても――と言っても、実際にはこうして一糸まとわぬ姿を見るのは二度目なのだが――本当に、ヴァレリーの体はほれぼれするほど美しかった。いつもシルビアを軽々と抱き上げる腕は太く、胸板も適度に厚い。その肌に触れたい欲求にかられて凝視していると、

「ボタンが外せないのか？」

上着一枚脱げていないシルビアにヴァレリーはそう質問し、答える前にそっとシルビアの手をどかし、ボタンを一つずつ丁寧にはずしはじめた。上着が脱がされ、ブラウスに指がかかる。一瞬彼の指が躊躇うようにとまり、すぐにまた動き出す。

それだけで鼓動が跳ね上がる。

体を清めるためだけに服を脱いでいるというのに、ベッドの上でドレスを脱がされているときのように呼吸があがって苦しくなる。

ブラウスが足下に落ち、スカートが脱がされる。薄い下着の中ではつんっと乳首が立っ

ていて、死んでしまいたいほど恥ずかしかった。当然ヴァレリーにも気づかれ、彼の指がいたずらをするようにその上をかすめたときには甘い声があがってしまった。

空気に淫猥なものが混じる。

下着をすべて取り払われたシルビアは、ヴァレリーに抱き上げられて浴槽へと移動した。一瞬、体に力が入った。だが、これは望んだ状況でもあった。

——ずっとずっと、望んでいた。彼と触れあうこと、深くつながることを。

寝室と台所のほかには居間ぐらいしかないという小さなこの家にやってきてから、ヴァレリーはシルビアに必要最低限の接触しかしてこなかったのだ。そこにどれほどの自制心があったのか、シルビアはまだ気づいていない。

どれほど愛され、守られてきたのかも。

ヴァレリーに背を向けるような形で浴槽の中に座らされ、着々と増していくお湯を見ていると少し熱めのシャワーを肩にかけられた。彼の指が肩を滑りぞくりとする。長い髪を下から順に濡らしていき、ちょっと顎をあげるように言われて顔を上向きにすると、頭全体に心地よくお湯がかけられた。

一度目の洗髪ではまったく泡が立たなかった。小さな頃、熱を出して何日も髪が洗えなかったときと同じ状態だ。そんなに汚れていたのか、そんな姿を大好きな人にさらしていたのかとショックを受けて愕然としていたが、ヴァレリーは気にすることなく二度目の洗髪をはじめた。今度は一度目とは違い、豊かな泡が出た。

「こんなに泡立つのか」

洗っているヴァレリーのほうが驚いて、感心している。

「ヴァレリー様は洗わないんですか？」

「……俺は……一応、洗っておくか」

ちょっと悩むように言うのを聞いてシルビアは慌てて振り向いた。

「私が洗います！」

きょとんとしたヴァレリーは、シルビアの顔を見てぷっと吹き出した。泡だらけの髪は全部上にあげられて、まるでタマネギのようにまとめられている。その姿が、どうやらとてもおもしろく映ったらしい。シルビアは真っ赤になって手を伸ばした。

「ヴァレリー様も同じにすればいいんです！　お、おそろいです！」

「でも、俺がしても、シルビアみたいにかわいくはならない」

ヴァレリーは抵抗するそぶりを見せつつも、シルビアのしたいように任せていた。言葉も態度も、シルビアに向けるものはとても甘い。自惚れたくなってしまう。

泡だらけになったヴァレリーは確かに「かわいく」はなかったけれど、やっぱりとても素敵で、シルビアはどきどきしながら泡を洗い流して髪をかき上げる彼を見た。

仕草一つひとつに目を奪われる。肌を滑る滴にさえ動転し、視線が不自然に泳いだ。

「体を洗おう。こっちへ……」

シルビアを呼ぶヴァレリーの声がうわずって聞こえるのは気のせいなのか。泡を含ませた海綿《かいめん》を持つ手がシルビアの首筋に触れ、ゆっくりと肩を滑る。

「ん……っ」

胸に到達した海綿は、敏感な先端をきわどいところでさけて円を描くように乳房を洗う。強すぎず弱すぎず乳房をこねるように刺激してからもう片方を愛撫するように洗い、へその周りも同じように丹念に洗われた。

これは、本当は、夢ではないのだろうか。

今も牢の中で、大好きな人と二人きり、幸せな夢を見ているのではないのだろうか。

「ヴァレリー様……夢では、ありませんよね……？」

呼びかけて手を伸ばすと、ヴァレリーは海綿を捨ててシルビアを抱き寄せた。

「これは現実だ。君は俺の腕の中にいて、……口づけを、受けている」

ささやきと同時に唇をふさがれた。キス自体、久しぶりだ。深く口腔をさぐった舌がシルビアのものに絡みつき、ぞくぞくする。

シルビアの背に回された腕が肌を滑り、腰を撫でる。

「ふ……ぁん！　や、ん、ん……っ」

手がさらに下へおり、割れ目を辿ったその指が、シルビアの中に潜り込んできた。

「シルビア」

耳たぶを舌先でくすぐりながらなまめかしく名を呼ばれ、息が上がる。声に反応した蜜壁が、早急に増やされた指に絡みつくように蠕動《ぜんどう》した。

「あ、あ……はあ、あ……っ……く、んっ」

ヴァレリーの手の動きに合わせ、浴槽に張られた湯が忙《せわ》しなく波立つ。

「シルビア……ここ、すごいことになってる」

「ああ、ヴァレリー様……っ」

「名を呼ぶと、締め付けてくる。シルビア……ほら、また……」

「や……言わないで、そんな……」

「どうして？　とても、かわいいのに」

再びきゅっと指を締め付けてしまうと、ヴァレリーは甘い陶酔に溜息をついた。

「シルビア」

互いに泡まみれになった体をこすりつけ、愛撫し合う。シルビアが充分に潤ったように、ヴァレリーのものもすっかり硬くなり、シルビアの腹をぐいぐいと押してきた。それがもたらす快楽と幸福感を思い出し、シルビアはぶるりと体を震わせた。

しかし、丹念に愛撫するだけで挿入には至らず、ヴァレリーはそのまま互いの体についた泡をシャワーで流してしまった。

ぼうっと頭に霞がかかる。鼓動が乱れ、息は整わず、体中が熱い。

湯はいったん抜かれ、浴槽には新たにお湯が張られる。荒い息をつきながら震えるシルビアの前に出されたのは、メルキオッドが用意してくれた香油だった。

それを見ただけで、きゅんっと子宮がうずくのを感じた。

白い蓋が開かれ、透明な香油がヴァレリーの手に垂らされる。とたんに甘いにおいが浴室いっぱいに広がった。ヴァレリーは不思議そうな顔をしながらそれをシルビアの髪に丁寧に塗り込んでいく。指の腹で頭皮をゆっくり揉み込まれるのは、それだけで愛撫のように心地いい。とてもまっすぐ座っていられず、シルビアはヴァレリーのたくましい胸にもたれかかって甘いあえぎ声をあげた。

乳首が彼の硬い皮膚でこすれる。それが、めまいを覚えるほど気持ちがいい。香油が首筋を伝い、胸の谷間を滑った。それを広げるようにシルビアはヴァレリーと肌を合わせ、ゆるゆると体を上下させる。

「ん、ん、あ……ヴァレリー様ぁ……ふ……ああ！」

「……この、香油は……まさか……」

問うヴァレリーの声もうわずっていた。

それは、仮面舞踏会でシルビアが体の一番奥深くに塗り込んでいたもの。全身に使えるもので、髪に使用すれば指通りのいいなめらかなものになり、肌に使えばしっとりと潤い、そして、秘部へ使用すれば恋人たちに特別な夜をもたらしてくれるという。

息を弾ませながらシルビアは瓶を受け取り、両手にすくうとヴァレリーの髪にも塗り込めた。

「男の髪なんて柔らかくなっても仕方がないのに」

「……髪に、キスしたくなります」

告げるとヴァレリーが考えるような顔になり、すぐにじっとなった。あまりにもわかりやすい反応にシルビアが笑う。髪が乾いたらたくさんキスをしよう。そして今は、髪以外の場所に。

香油で濡れた手でヴァレリーの胸に触れ、その跡をたどるように唇と舌で愛撫する。

「シルビア……」

音をたててキスしながら手を湯の中に入れて、ヴァレリーのものをそっと両手で包んだ。

前に触れたときよりもっと大きくなっているような気がして驚いていったん手を離したが、改めて触れる。熱くて硬くて凶暴なもの。先端に触れると先走りの液でぬるりとし、彼もまた興奮していることを伝えてきた。

「ふ……、くっ……シルビア……ああ、そうだ。もっと……」

根元から愛撫するよううながされ、シルビアは愛おしさから懸命に従う。体の奥が熱い。触れているのは自分だというのに、まるで自分が触れられているかのように興奮してしまう。指戯に夢中になっていると、ヴァレリーが荒い息をつきながら熱い湯で香油を軽く流した。そして、我慢できないと言わんばかりにシルビアを立たせ、タオルにくるむとそのまま抱き上げて寝室に駆け込んだ。

互いの体から立ち上る香りでくらくらとする。甘い中に官能的な香りがひそみ、ベッドに倒れ込むなり激しく口づけを交わした。

深く差し込まれた舌が乱暴にシルビアのものに絡みつき、ずっと音をたてて吸われる。肌が粟立ち、腰が跳ねる。ヴァレリーは嬌声ごとシルビアを絡め取った。

「メルキオッドのやつ……!!　わざとこの香油を選んだな！」

貪るようなキスの合間、ヴァレリーがうなるように言葉を吐き出した。

「ヴァレリー様……ん、ふ！　あ、あ……あん」

「入浴できるくらい回復したならもう抑えなくていい。……これで〝解禁〟だ」

「な、に……？　あ、や、……ヴァレリー様！」

口腔を蹂躙していた舌が乳首を吸い上げる。浴室ではちゃんと触れてもらえず、彼の胸にこすりつけて自慰のように快楽を求めた場所だ。突然の刺激はあまりに強く、シルビアの体が跳ねた。それでもヴァレリーは容赦なくシルビアの乳首を舌でまさぐる。かと思うともう片方の乳首はじれったいほど優しい愛撫が与えられ、シルビアは身もだえた。

息が上がる。どこに触れられても気持ちがよく、吐き出す息が甘いあえぎに変わった。

「あ、あ、そこ……あああ！　ふ、く……っ」

「気持ちいいか？　肌が赤く染まって……ああ、とても、きれいだ」

「や、見ない、で……！」

日の光にすべてを暴かれ、シルビアは震える。そんな彼女を見おろしてヴァレリーはうっとりと微笑んだ。

「今さら、どうして？　恥ずかしいのか？」

愛撫はひどく強引だった。ときに肌を甘噛みされ、高い嬌声が唇を割った。腰が勝手に揺れ、それさえも乱暴に押さえつけられ、舌と唇で乱される。

存分にシルビアをあえがせ、ヴァレリーの指が期待に震える場所に近づく。

太ももの柔らかな部分をゆるりと撫でられると、お腹の奥がきゅんとうずいた。したたる蜜がシーツを濡らし、彼の愛撫を待っている。

「ヴァレリー様、早く……お願い、早く」

触れてほしい。たくさん愛してほしい。悶えるシルビアにヴァレリーは目を細める。

「我慢できない？」

「……ぁ……あなたの、せいです……奥が、熱くて……どうにかなってしまいそう」

「困った人だ」

ぐいっと足を開かされ、胸につくほど膝が深く折られる。秘部を突き出すような卑猥な格好にシルビアがあえぐと、

「あまり俺を狂わせないでくれ」

そう告げるなり、ヴァレリーは花芽に吸い付き舌で器用に剝いた。ぞろりと敏感な部分を舐めあげられ、腰がびくびくと震える。

「だ、めぇ……！　ヴァレリー様、そこ……！」

「好きだろう？　触れられるのも、舐められるのも……ほら、もっとしてほしいって、赤く充血して震えてる」

刺激が強すぎる。あっという間に一度目の絶頂に達し、シルビアは小さく悲鳴をあげた。

けれど、それだけで甘い責め苦が終わるわけではない。舌全体でねっとりと舐めあげられ、愛撫がすぐさま再開された。

「あ、あ、あ……や……そんな……変に、なってしま……んんっ」

びくびくと体が震えた。声を抑えることなどとうていできず、シルビアはされるがまま、濡れた声をあげ続ける。

「ヴァレリー様、そこ、も、だめ……っ」

シルビアの反応を楽しむように、ヴァレリーは花芽をちろちろと舌先でくすぐってきた。そうかと思えば優しく吸われ、強すぎる刺激に息も絶え絶えにあえいだ。

「もっと？　君はここを強めに吸われるのが好きだったな」

「ひっ……や、ああああ！」

絶頂の直前、二本の指がやや強引に突き入れられて快楽に加速がつく。体中が痺れ、呼吸さえままならない。それなのに体の奥ではさらなる快楽を求めている。体以上に心が満たされたくて、切ないほどにうずいていた。

「ヴァレリー様、ヴァレリー様……!!」

それがヴァレリーにも届いたのか、彼はシルビアの足から手を離すと、猛ったものを蜜壷の中にゆっくりと沈めていった。

「あ、あああ……!!」

圧迫感と、充足感。何度乱されても侵入者を拒むようにぴったりと閉じる肉の壁を、彼がゆっくりと割り開いていく。それが生々しいほどはっきりと伝わってきた。

「ひ……っ」

おかしくなってしまう。

混乱してヴァレリーを止めようと手を伸ばしたが、それは彼の手に絡め取られ、シーツに押さえつけられてしまった。

「ヴァレリー様、ヴァレリー様……!!　あ、どこまで……ん、深……っ」

苦しさを感じて喉を反らせる。前は、こんなに深かっただろうか。痛みのために混乱していたか、あるいは、それだけ彼の体を堪能するゆとりができたか。

彼のもので子宮口をぐいぐいと押され、シルビアはたまらず甘やかな悲鳴をあげていた。まるでシルビアの体が慣れるのを待つように、ヴァレリーはじっと動かない。そして、激しい抽挿の代わりに奥をゆるやかに突きはじめた。

絡めた指にぐっと力がこもる。

「シルビア」

名前を呼ばれると、応えるように蜜壁が彼を愛しげに締め付けた。

ヴァレリーがうっとりとシルビアを見つめる。

「名前を呼ばれるのが好きなのか？」

「す、好きです」

好きかと尋ねてくる彼の声にまで反応してしまう。あられもなく悶えていると、ヴァレリーは微笑んでシルビアの耳に唇をよせた。

「愛している」

声に答えるように、きゅんっと、自分でも恥ずかしくなるほど強く彼を締め付けた。シルビアは羞恥に全身を赤く染め、小さく震える。

「シルビア……ああ、すごいな。そんなにきつくされたら、我慢できなくなる」

ぐっと腰を入れ胎内《なか》をえぐられ、シルビアはヴァレリーの腰に無意識に足を絡めた。そうすると、彼がさらに奥まで入ってきた。

「奥が、気持ちいい？」

「い、いい、です……ああ……深い。奥に、当たって……ん、んん、あ……」

ヴァレリーは己の欲求は追わず、シルビアの反応に細心の注意を払いながら奥をさぐるようにゆるやかな抽挿をはじめる。痺れるような刺激が四肢をめぐり、シルビアはヴァレリーが望むままあえぎ声をあげた。待ち焦がれたものをようやく与えられ、なにより彼と一つになった喜びに震えるシルビアを、ヴァレリーは愛おしげに見おろす。

「ふ、あ……ん」

「んっ……ああ……ここか？　ここがいいのか？」

奥をぐりぐりと擦られてシルビアがのけぞった。

「ああ！　そこ……やぁ……!!」

「我慢しなくていい。シルビア……気持ち、いいだろ？」

「で、も……っああ、あ、あ、ああ！」

強弱をつけて突かれ、シルビアはあえぐ。繰り返し激しく求められ蜜壺がすっかりとろけきった頃、穿つ速度が少しずつ増していった。シルビアはヴァレリーにしがみつき、快楽に身を任せる。愛されているのだという実感に身も心も満たされていく。

何度も口づけを交わし、足を持ち上げられて挿入の角度が変わった。さらに奥を穿たれて、シルビアはいっそう高く声をあげる。

「あ、くぅ……シルビア……!!」

切迫したヴァレリーに名を呼ばれ、シルビアはきゅっと彼のものを無意識に締め付ける。彼はあえぎ、シルビアを強く抱きしめて激しく奥を突き上げてきた。

「あああ……！」

目の前が真っ白に弾け、シルビアの体から力が抜けた。

どくどくと、ヴァレリーのものが体の中で脈打っている。一番深いところにそそぎ込まれる感覚に、シルビアはぶるりと体を震わせた。そして手を伸ばし、心地よい重みを確かめるようにしっとりと汗ばむヴァレリーの体を抱きしめる。

シルビアを気遣ってか、息が整う前にヴァレリーは体を起こした。

深く収まっていたヴァレリーが引き抜かれる。

「ぁ……っ」

シルビアはとっさに彼を締め付け、追うように腰を密着させた。そして、まだ充分に硬いものを胎内に呑み込んで甘く吐息をつき——直後、真っ赤になった。

「……もっと、いいのか?」

驚いたように目を見張ったあと耳元でささやく彼の声は、期待に甘くかすれていた。

シルビアはますます赤くなり、答える代わりに下肢に力を込めた。その刺激で、ヴァレリーのものが硬さを増す。敏感になりすぎた場所にこすりつけられた楔《くさび》はすぐに抽挿に充分な硬さになり、ゆっくりと引き抜かれた。

そして、再び深く埋め込まれる。

「んぁ、ああ……！　ヴァレリー様、好きです。大好き……ぁあ、あん」

「ああ、俺もだ。……愛している、シルビア」

ささやきながら抱かれ、シルビアは必死になって応える。

そうして二人は、互いに求めるまま幾度も体を重ねた。


翌日――といっても、濃厚に睦み合っていた手前、いつ日付が変わったのかも定かではなかったのだが――メルキオッドが隠れ家にやってきた。

彼はベッドでまどろむシルビアとヴァレリーを見て思い切り呆れ顔になり、シャワーを浴びてくるよう命じた。

お互いに洗いっこをして浴室を出ると、居間で待っていたメルキオッドの呆れ顔に磨きがかかっていた。

「仲がいいことは結構だが、節度という言葉を学習したまえ。とくにヴァレリー！　君がシルビアの体を労らないでどうする？」

「あ、あの、私が、してほしいとねだったので」

シルビアが真っ赤になって訴えると、メルキオッドはじろりとヴァレリーを睨んだ。

「女性の誘いを無下《むげ》にする男は馬に蹴られて死ぬべきだと思うが、うまく断るのも男の器量だ。覚えておくんだな。——移動しよう」

容赦なく切り捨ててメルキオッドがソファーから立ち上がる。

「なにかあったのか？」

ヴァレリーが慌てたように問いかけるとシルビアの体にも緊張で力が入った。

「勘違いしないでくれ。状況が悪化したわけじゃない。ひとまず区切りがついたから隠れる必要がなくなった。だから移動しようって言ってるんだ」

「区切り？」

「うん。早い話が、君たちは脱獄犯ではなくなったという意味だ」

刑務所から逃げ出してわずか六日目。

メルキオッドの思わぬ一言に、シルビアとヴァレリーは顔を見合わせた。


メルキオッドに言われるまま愛の巣と化した部屋を出て、三人は豪華な家紋入りの馬車に乗り込んだ。従者のロブが馬に鞭を打ち、馬車がゆっくりと走り出す。

メルキオッドの前にヴァレリーが腰かけ、シルビアはヴァレリーの隣に腰かけている。

馬車はしっかりとした生地の座り心地のいい椅子を配し、木の壁には細かな模様が彫り込まれた大変贅沢な作りのもので、そのこだわりようは、持ち主の財が生半《なまなか》でないことを伝えてくるほどだった。

メルキオッド・バーグリー――若き資産家は、上機嫌に足を組んだ。

「それで、どうなってるんだ？」

ヴァレリーの問いにメルキオッドは優雅に微笑んだ。

「教団を解体寸前まで追い込んでやった。いいな、ああいう脛《すね》が傷だらけの連中というのは叩き甲斐があって！　君のように謂《い》われのない理由で財産を没収された被害者というのが全国に大勢いてね、それを集める仕事も恐ろしく簡単だった。普段は神への冒瀆《ぼうとく》だって神司への抗議を躊躇う人間も、教団が金を使い込んだという背景を話せば協力してくれた。財産を狙われるような人間は総じて地位が高い。ここも大切な点だ。こういう連中は声がでかいんだ。たとえ地位を失っても影響力が皆無になるということはない」

メルキオッドは楽しげに声を弾ませる。

「あ、教団を解体寸前まで追い込んだといっても、表面上はいつも通りだよ。国家宗教を馬鹿な大幹部のためだけに潰すのは実際問題あり得ない。解体寸前までいったのはまさに大幹部そのもので、かなりの人数が役職を解かれることだろう。組織の改編には大きな金が動く。そこで僕の出番だ！　頑張った甲斐があったってものじゃないか！」

よくわからない理論だが、どうやらメルキオッドにとっては大変好ましい状況であるらしい。呆気にとられるシルビアの隣でヴァレリーがちょっとだけ頭をかかえた。

「そして、この一件に巻き込まれたという主張で、君たちの無罪も勝ち取った。もともとジャルハラール伯爵は冤罪だったのだし、ヴァレリーは処刑されようという恋人を助けるため命をかけたに過ぎない。姦通は罪だと食い下がったが、まともに取り調べもしなかったことを指摘したら、それ以上の追及はなかった。教団に言われるまま動いた警邏隊は、職務怠慢もあって厳しく処罰されることになるだろう」

「あ……あの、お父様は……？」

「釈放されたよ。その際に、領土を含む資産の大半を国に返上した。実に潔くね」

「え……？」

あまりに思いがけない内容に、シルビアはすぐにはその意味が理解できなかった。

「富める者は敵を作りやすい。そういう生活に疲れたと言っていた。実際にどう考えているのか定かじゃないが……まあ、ああいう人物だ。周りは放っておかないだろう。彼にはたくさんの理解者がいる。悪いようにはならないはずだ」

忌憚《きたん》のない父への評価をはじめて聞いた気がする。理解者が多いと語ったメルキオッドもまた父を高く評価していることを知って、シルビアは驚きと喜びに笑みを浮かべ、すぐにはっとした。

父を——ネイビー・ジャルハラールを憎んでいるヴァレリーに、どう思われたか。

恐ろしくなってシルビアは表情を凍らせた。

しかし。

「そうか」

吐息とともに、ヴァレリーは静かな一言を告げるに留まった。

シルビアが驚くのと同じようにメルキオッドも意外そうにヴァレリーを見る。

「ジャルハラール伯爵には間違いなく罪がある。君には彼を訴える権利がある」

メルキオッドは考えるように間をおいて、ゆっくりと言葉をつむいだ。

「一応は彼のことも調べてみたんだ。といっても主治医に話を訊いたに過ぎないが——三年前、奥方を亡くした伯爵は精神的に異常をきたし、かなり大量に投薬を受けていた。君の母上と妹に乱暴をしたのは、おそらくはこの時期だ。伯爵が覚えていない可能性は高いが、だからといって罪がないわけじゃない。それなのに教団は、今回の件と前回の件をひっくるめて不問にすると言っているんだぞ」

「ああ、わかってる」

「……許す気になったのか？」

「そんなに簡単に許すことができたら、ここまで引きずったりしない」

ヴァレリーの口から苦々しく言葉が吐き出される。

許してはいない。当たり前だ。大切な家族を失ったうえに罪家となった彼は、家名を守ることもできず——母と妹は、葬られることなくうち捨てられたのだろう。

わかっていたことなのに、改めて聞くと涙が零れそうになる。

シルビアがぎゅっと拳を握ると、ふいにヴァレリーの手に包まれた。

「それでも、受け入れることも必要なんだと思った。……愛する人のためにも」

弾かれるように顔を上げると、ヴァレリーの優しい眼差しが一番はじめに視界に飛び込んできた。

「もちろん、俺自身のためにも」

染み入るような穏やかな声にこらえきれずに涙が零れる。ヴァレリーはそれを指先でそっとぬぐって微笑んだ。

メルキオッドはそんな二人を見て苦笑を浮かべる。

「うん。まあ、いいんじゃないかな。ただ憎み続けるより、そして下手に偽善を振りかざすよりよっぽど人間らしい。曖昧な感情こそ人間の誇るべき美点だ」

「……それは欠点じゃないのか？」

「美点だよ。それがあるから人は人の過ちを許し、受け入れる道を見つけることができる。だから僕は、人という欠点だらけの生き物を憎みきれないんだ」

メルキオッド独自の発想に、シルビアは口を挟むこともできずただ驚くしかない。ヴァレリーはしばらく押し黙り、流れゆく車窓の光景を眺めたのち、重々しく口を開いた。

「……シルビアは、父親の元に帰るか？　それとも……俺と一緒に来るか？」

唐突に投げられた選択に、シルビアはヴァレリーの意図が読めずに戸惑った。

「お父様と、ヴァレリー様のどちらか一方……？」

「そうだ。俺を選ぶなら、俺と一緒に来てくれ」

きっぱりと言い切られ、シルビアの肩が大きく震えた。

選べるわけがない。愛情を一身にそそぎここまで育ててくれた父も、身を焦がすほど愛おしいヴァレリーも、どちらもシルビアにとってかけがえのない人なのだ。

シルビアはヴァレリーの言葉に激しく首を横にふった。

だがこれは、彼の気持ちを考えれば当然の問いでもあった。父の過ちを受け入れるといっても、そんなに簡単にすべてを切り替えられるわけがない。シルビアに選択させること自体、最大の譲歩なのだろう。

わかっている。それでもなお答えられず、シルビアはただ首を横にふる。

「そんなの、決められな……」

「父親を選ぶなら、俺は二度と君の前には現われない」

ひっと、喉の奥で悲鳴が潰れた。どうしてそんなことを躊躇いもなく言うのだろう。愛し合い、互いを幾度も求め合った。それに幸せを感じていたのは自分だけだったらしい。

彼は、こんなにも簡単に別れの言葉を口にすることができるのだ。

「も、もう、私のことは嫌いになりましたか？」

「違う！」

「では、まだ愛してくださいますか……？」

鋭く答えたヴァレリーは、シルビアの問いにぐっと唇を噛んだ。ゆっくりと伸びた手がそっとシルビアの頬を撫でる。

「俺と来るか……？」

問いにシルビアはくしゃりと顔をゆがめ、ヴァレリーの腕にすがりつく。離れたくない。誰か一人を選ばなければならないなら、この手だけは離したくない。

ヴァレリーはシルビアを見つめたあと、息が詰まるほど強く抱きしめてきた。そして、興味深そうに成り行きを見守っていたメルキオッドを見る。

「役所にやってくれないか？」

「役所というと、人生の墓場と言われる場所への片道切符を希望ってことでいいのかな。……まあ、どうしてもというのなら行ってやってもいい。だが、もうちょっと言い方ってものがあるだろう。やり直したまえ」

「ど……どうして、お前の前で」

「なんだ？　まさか、僕がいたから言葉を惜しんだとでも？　そんなところで羞恥心を発揮するなんて、君も意外と無意味なことをするね」

メルキオッドの指摘にヴァレリーは狼狽える。メルキオッドは鼻で笑い、ちょいちょいと指先でなにかを弾くような仕草をした。

「この僕でさえ難解と思う質問を、付き合いの浅い彼女が正確に理解できているわけがないだろう。誤解されたくないならちゃんとすることだ」

メルキオッドの一言にヴァレリーはうめく。そして、覚悟を決めるように大きく息を吸い込んでからシルビアの肩を摑んだ。引きはがされまいとしがみつくシルビアだったが、ヴァレリーの力には到底敵わず、あっさりと距離が置かれる。

次にどんな残酷な言葉を投げられるか、シルビアは恐ろしくなって震えた。

「……君の意志が聞きたかった」

ヴァレリーは小さくそう言って、大きく息を吸い込んだ。

「俺と結婚してくれないか？　地位も財産もなにもないけれど……」

「……結婚……？」

父の元に戻るか、ヴァレリーとともに行くか――。

それは、シルビアの前に用意された二つの道。

シルビアは緊張にこわばるヴァレリーの顔を凝視し、次にメルキオッドの顔を見る。こちらはなんだかやけに楽しそうににやにやとしながら状況を見守っていた。

シルビアはもう一度ヴァレリーを見た。

「俺には、なにもない。きっととても不自由な思いをさせるだろう。今までのような贅沢な暮らしなんてできない。それどころか、二人だけですべてをはじめなければならないんだ。だから君が……もし……もしも、伯爵の元に戻ると言うのなら、俺は……」

言葉は苦しげに途切れ、それと同時にシルビアはヴァレリーの胸に飛び込んでいた。

彼の腕がシルビアを抱きとめ、驚いたように彼女の顔をのぞき込んだ。

「なにもないんだぞ。地位も財産も、仕事だって……あるのは、本当に、俺くらいで」

それ以上になにが必要だというのか、ヴァレリーはとても深刻そうに告げる。シルビアは彼の体にぎゅっとしがみつき、すぐにはっとして手を離した。

「ヴァレリー様こそ、私でいいんですか？　私こそ、なにも持っておりません。簡単なお菓子が作れるだけで、お洗濯だって、まともにしたことがないのに……あ、あの、もちろん、これから覚えるつもりです。うまくできるようになりたいです」

ほとんどすべてを使用人たちが行っていたから、シルビアはお菓子作りとお裁縫くらいしかできないのだ。それを考えると本当にいたたまれなくなる。

けれど、そんなシルビアをヴァレリーはしっかりと抱きしめた。

「できないことは一つずつ、二人でやっていけばいい」

彼の言葉とともにまっさらな世界が目の前に広がった気がし、鼓動が柔らかく跳ねる。

「これから先は、全部……二人で、一緒に？」

「ああ、そうだ。……そうだな。それでいいんだ」

ヴァレリーもまた、納得するようにうなずいた。そして、愛おしげにシルビアの髪に唇を押し当て、頬にも音をたててキスしてきた。

うながされるまま顔を上げると視線が絡み合う。甘えるように額を合わせ、今度は唇にキスをしようとした——そのとき、盛大に咳払いが聞こえた。

ヴァレリーは赤くなり、とっさにシルビアを抱きしめ腕の中に隠してしまった。

「そういうことは、独身の僕に気を遣って馬車を降りてからにしてくれ。……ジャルハラール伯爵のところに報告は？」

「……あとで」

ヴァレリーの返答に「ふうん」と鼻を鳴らしたメルキオッドは、顔を上げたシルビアにちょっといじわるな笑みを向けた。

「すぐに報告したいだろうが、そのくらいの意趣返しは許してやってくれ」

父はシルビアの夫となる男を捜していた。地位も名誉も関係なく、ともに歩んでいけるような男を捜していた。今はあの頃と状況はまるで違うが、早く知らせなかったことに嘆きはしても、シルビアが幸せになるのなら反対しないだろう。

ヴァレリーは父に会うなとは言わなかった。ただ報告を遅らせるだけ——あまりにささやかな報復に、シルビアはぎゅっとヴァレリーの胸に顔を押しつける。

ヴァレリーは彼女の髪にもう一度口づけてからメルキオッドを見た。

「ところで、この馬車の最終的な目的地は？」

「今ごろそれを訊くのか。君もずいぶんと呑気な性格になったねえ」

ヴァレリーに答えながらメルキオッドが苦笑をした。


そして、すべてはあるべき形に。

エピローグ

「領主様！　やっぱあの牛は乳の出が違う！　今日も搾りたてを持ってきましたよ！」

「いいのか、毎日そんな」

「いいですとも。奥方にはたっぷり栄養とってもらって、元気な跡取りを生んでもらわなきゃならんのですから！」

搾りたての牛乳で満たされた容器を玄関に置いて、畜産に人生をかけているセバスチャンは明るく笑った。

「男の子とは限らないんだが」

「跡取りですよ、跡取り！　俺の見立てじゃ絶対男の子です。騒がしくなりますよ。そろそろこの家も増築しますかね。それとも建て替えますか？　最近来客が増えたっていうじゃないですか。客人泊める部屋もいりますね。よーし、さっそく皆に声かけてみるか」

「い、いや、そこまでは……」

「好意に甘えたらどうだい、ヴァレリー。君になら低利で金を貸すよ」

応接室からひょこりと顔を出したメルキオッドにヴァレリーは渋面になる。逆に、セバスチャンは樽のような腹を突き出した。

「ご心配にはおよびませんよ、旦那。一声かければみんなすっ飛んできます。木材はいくらでもあるし、大工だって多い。金なんてこれっぽっちもいりません」

「ほう。それは残念。いい顧客になってくれそうだったのに」

メルキオッドが大げさに肩をすくめるとセバスチャンは笑い、頭にのっけた帽子を軽く持ち上げてヴァレリーに一礼した。

「じゃ、失礼します。領主様」

「ああ。わざわざありがとう」

玄関ドアが閉じるとメルキオッドが容器を覗き込んで感心したように声をあげた。

「これまた大量だね。台所には野菜もあるし……君のところはよけいな出費がなくて実に効率がいい」

「どういう褒め方なんだ、それは」

野菜や肉、牛乳などはすべて領民が分けてくれている。父が治めていた頃そのままの税に戻した結果、満足な蓄えもない状況で家族を持つのにそんな欲のないことではいけないと心配され、雑談をかねて収穫したものを届けてくれるようになったのだ。

領地の巡回や会議は頻繁におこなっているが、それとは別に雑談はヴァレリーにとって、領地を知るいい情報源になった。逆に、そうした話をしたいがためにやってくる者もいて、小さなこの家には来客が絶えない。

——復讐を誓ったヴァレリーがジャルハラール邸へおもむき、教団の改編がおこなわれてから二年の月日がたっていた。

二年前のあの日、ヴァレリーたちが数日をかけてたどり着いたのは巨木の立つ丘だった。そこには、家族が健在であった頃、ヴァレリーが住んでいた屋敷が建っていた。だが、教団から派遣された領主がやってくるなり屋敷は取り壊された。そのはずだった。

茫然とするヴァレリーにメルキオッドが誇らしげに語った言葉は、今でも鮮やかに耳に残っている。

『領民たちは三年前からずっと君の帰りを待っていたんだよ。帰ってきたら家がなくては大変だと、こんなものまで建ててしまって』

一人で大きな家を持っても手が回らないだろうと、領民はヴァレリーのために巨木の下に小さな家を用意した。それは、家族が増えたら増築できるよう趣向を凝らした家だった。

『俺は、領地を追われて……』

『……教団の不正が白日の下に曝《さら》されたんだ。君の母上と妹は神司の手によって神の御許へ送られ、バスク家は再建される』

『それは、お前が働きかけたからだ。それがなければ……』

『それがなくても、領民は君の〝帰還〟を待っていたということだ。教団からやってきた領主は領民に愛されない男だった。前領主の息子が帰ってきたらどうするか尋ねたら、坊ちゃんが帰ってくるならぜひとも協力させてくれと、皆が手を挙げてくれたんだ』

こまめに手入れされた小さな家を見つめ、メルキオッドが笑った。

『君のご両親は素晴らしい人物だ。大切な息子のために、信頼という絆を残していった。君は今でも目に見えない力で守られているんだよ』

言葉は重く、ヴァレリーはそうした絆の上に建てられた家を見て声もなく涙した。そして、シルビアと住みはじめたこの家に、もうすぐ三人目の家族ができる。

パタパタと足音が近づいて来て、廊下を曲がってシルビアが顔を覗かせる。大きなお腹をかかえる彼女はすぐに牛乳の入った容器を見て目を輝かせた。

「まあ、こんなにも……シチューを作って、パンを焼いて、ああ、チーズも作りたいわ！」

料理を覚え、作ることが楽しくて仕方がない彼女は声を弾ませる。

「あまりはしゃぐとお腹の子がびっくりするぞ」

ヴァレリーが声をかけるとシルビアはすぐに口を閉じる。それでも瞳は生き生きとし、言葉以上に雄弁に、喜びを伝えてくる。

「それにしても大きなお腹だね。弾けてしまいそうだ」

「もうすぐ生まれるんです。さっきも元気にお腹を蹴っていたんですよ」

シルビアの返答にメルキオッドがポンと手を打った。

「よし、僕が名付け親になってあげよう！」

「遠慮してくれ」

「……ヴァレリー、そこは嘘でも楽しみにしてるとか言うもんだよ」

「お前は本気にするじゃないか」

ヴァレリーは言いながら大切な妻を抱き寄せる。くすくすと笑うシルビアは愛情を全身で表わすようにヴァレリーの胸に頬ずりをした。

「出産までいたら邪魔になりそうだし、そろそろ退散しようかな。次の仕事もあるし」

顎を撫でながらメルキオッドがうなっているとドアがノックされた。また来客らしい。

ドアを開けると懐かしい顔が二つ、仲良く並んでいた。

「リズ!?　マリーも！　どうしたの……!?」

二年ぶりの侍女との再会にシルビアが目を丸くする。二人は大きな旅行カバンを引きずって一礼した。

「そろそろお産《さん》かと思って、お屋敷にお暇をもらって駆けつけたんです」

「お嬢様！　お久しぶりですー!!　お腹、それ、大きすぎませんか!?」

リズは冷静に、マリーはちょっと慌て気味にシルビアに声をかける。

「わざわざ来てくれたの？」

「もう旦那様がうるさくて。お嬢様がお一人なのは心細いんじゃないか、早く行ってやれって。挙げ句の果てには旦那様まで旅行の準備をなさって」

「まだ早いってお止めするのに難儀しました。生まれてしばらくはお嬢様も大変なんだから落ち着いてからのほうがいいってみんなで諭したんです。でも旦那様、心配で仕事も手につかないみたいなんです。カーラ様が怒っちゃって大変です」

リズとマリーの話にシルビアが嬉しそうに笑う。

「あ、お嬢様！　旦那様が来たら言ってやってください。そろそろカーラ様のこと、真剣に考えてあげてくださいって」

「結婚のこと？」

「そうですよー。二年前、捕まったじゃないですか。あのときカーラ様、たまたま席を外してらっしゃったんです。それでお一人だけ無事だったんですけど、逃げるどころか旦那様が捕まったなら自分も捕まえろって騒いでたんですよ」

「旦那様が絞首刑になるなら私も殺せって、言ってたのよね」

リズの言葉にマリーが大きくうなずく。

「そうそう。あたしてっきりジャルハラール家の財産目当てだと思ってたんですけど……二十歳も離れてるのに、旦那様のこと本気で好きだったみたいなんですよ、カーラ様。今だって旦那様のそばで一緒に働いてらっしゃるし。将来のことをちゃんと考えてあげないと、旦那様のほうが捨てられちゃいますよ」

「……大変だわ」

「ね、大変ですよね！」

シルビアの言葉にマリーは拳を握る。

「……女性が三人集まると本当に華やぐね」

騒がしい、と言わないのがメルキオッドらしい。ヴァレリーは楽しそうに笑うシルビアを見てまぶしげに目を細めた。

こんな日が来るなんて思いもしなかった。

一瞬一瞬にこれほど胸が震え、幸せを感じる日が来るなんて。

「一日でも早く屋敷を持つべきだと思うね、僕は」

「……俺は幸せになることを許されるのかな」

シルビアを包むあたたかな光景を遠く見つめながらヴァレリーがささやく。故郷であるこの場所で、新しい家族を持って自分だけが――そう思う気持ちが今も不意を衝《つ》くようにしてよみがえるのだ。

押し黙ったヴァレリーに、メルキオッドが少し驚いたように目を瞬いた。

「君の両親や妹は、君が不幸になることを望んでいたと思うか？　目をつぶってみたまえ。一番になにが思い浮かぶ？」

領民のために走り回る父と孤児たちの世話を焼く母、それを手伝う妹の姿――思い出は、どんな場面を切り取っても柔らかな光に包まれていた。

「それを忘れないことだ」

親友の言葉に、ヴァレリーは改めて穏やかな空間を見る。

あふれる笑顔とともに世界はめまぐるしく変化する。ヴァレリーは一つ大きく息を吸い込み、手を差し伸べるシルビアに向かって足を踏み出した。

あとがき

はじめまして、尼野《あまの》りさと申します。

『秘された遊戯』に興味を持ってくださりありがとうございます。「歪んだ愛は美しい」をキャッチフレーズに展開するレーベルで限りなくソフト系に入ると思われる、ごくごく普通の感性を持つ生真面目男と箱入り娘の物語、「あれ？　これソーニャ文庫？」と、何度か表紙を確認された方もいらっしゃると思います。実は私もです。

それでは、創作裏話&後日談、興味のある方はご覧くださいませ！

■シルビアとヴァレリー

シルビアの人格形成にかかわるエピソードに待ったがかかり、変更したら可憐な乙女になりました。これならヴァレリー視点を入れてもいいのではとプロット変更をしたら、二人の男（ヴァレリーとジョーカー）のあいだで揺れるヒロインよりも、苦悩するヒーローが強調される形に……!!　初期ヴァレリーもシルビア同様、今とはまるで別人でした。

■ヴァレリーとメルキオッド

苦労人ゆえ金の亡者と化しているメルキオッドですが、ヴァレリーが粗末な服を着ているのが我慢ならず、けれど露骨に買い与えることもできず「無理やり自分の服を着せる」という荒業披露（※本当はすべてヴァレリー用に買った）。身内には甘く、そむく人間には容赦しない、そんなタイプです。ちなみにヴァレリーは彼の二面性を知りません。

■カーラとジャルハラール伯爵とシルビア

高級娼婦カーラの目元が死んだ奥方に似ているため娼館に通った伯爵は、ただひたすらカーラを眺めて過ごすだけ。伯爵の誘惑に失敗したカーラは、逆に彼に惚れてしまい屋敷に押しかけることに。が、いつまでたっても相手にされず、伯爵に可愛がられるシルビアに嫉妬してしまいます。カーラ、実は意外とかわいらしい女性だったりします。

■サルシャ（ヴァレリー妹）の婚約者

失意のまま旅に出たサルシャの婚約者は、さすらった後、宿屋の娘に恋をして「でももう恋はしないと誓ったんだ……!!」と悶々しているうちに彼女に別の男がプロポーズしてきたことから以下略という展開に（本文にはさすがに入りませんでした）。

■教団

強引な資金調達は、基本的には魔女狩り辺りのイメージです（財産目的で密告され処刑されてしまうあの発想）。日本では江戸時代に参勤交代がありましたが、財産のある人はどこの国でも大変ですよね……。

■ヴァレリーとジャルハラール伯爵

ヴァレリーが伯爵を許して大団円！　という展開が一番美しいのですが、実際にヴァレリーの中で今回の一件に区切りがつくのは、走り回る孫たちを嬉しそうに眺める伯爵と酒を酌み交わすようになってから。家族の墓前に伯爵を案内するのもきっとその頃です。

物語の終わりに、愛する妻と可愛い子どもたちに囲まれて穏やかに笑うヴァレリーの姿が思い浮かべば幸いです（ソーニャさんにあるまじき長閑《のどか》なエンドですみません）。

イラストをご担当くださった三浦《みうら》ひらく様、ありがとうございます！　美しく繊細な絵にうっとりです。編集のY様、ご助力いただき感謝です。積極的なヒロインも、いつか機会があれば書いてみたいです。そして、読んでくださった皆様も！　本当にありがとうございます。またどこかでお目にかかれますように。

尼野りさ

Sonya
ソーニャ文庫

この本を読んでのご意見・ご感想をお待ちしております。

◆ あて先 ◆
〒101-0051
東京都千代田区神田神保町2-4-7 久月神田ビル7階
㈱イースト・プレス　ソーニャ文庫編集部
尼野りさ先生／三浦ひらく先生

秘《ひ》された遊戯《ゆうぎ》

2013年5月6日　第1刷発行

著　者　尼野《あまの》りさ
イラスト　三浦《みうら》ひらく
装　丁　imagejack.inc
DTP　松井和彌
編　集　安本千恵子
発行人　堅田浩二
発行所　株式会社イースト・プレス
〒101-0051
東京都千代田区神田神保町2-4-7 久月神田ビル8階
TEL 03-5213-4700　FAX 03-5213-4701
印刷所　中央精版印刷株式会社

ISBN 978-4-7816-9505-1
定価はカバーに表示してあります。